VIVIANI EDITORE

OCCHI DI DONNA

Nubi che prima arrivano
e poi si squarciano davanti a te.
Amori che si promettono e poi si inseguono
fino al tuo cielo.

Mari davanti ai quali il mio cuore spolvera
tutto il suo amore.
Terra dapprima cinica e poi benefica
al nostro ardore.

Quando sconfitto e affranto
piegato sono al tuo pudore
tu come amante tenera in un sol momento
apri il tuo cuore.

Terra mia di Calabria
amore e odio tu sai ispirare
tu come la donna mia all'istante
perfida da dominare

poi come il mio cuore avido
i suoi baci languidi sa conquistare
così in generoso impeto
i frutti buoni tu sai donare.

Terra che come amante prima si nega
e poi si dona
così io riscopro te
nei suoi occhi di donna pieni d'amore.

Corrado Alvaro

OCCHI DI DONNA

VIVIANI EDITORE

Corrado Alvaro
Occhi di donna
da *Opere. Romanzi brevi e racconti*

La poesia a p.III è di L. Viviani Cursi

ISBN 88-7993-056-7

In copertina:
Mimmo Rotella (Catanzaro 1918)
La mascherina (1994)
Sovrapittura su décollage su lamiera, cm 60x50
Collezione privata Antonio Trapasso

*Edizione tascabile fuori commercio a cura dell'Assessorato al
Turismo della Regione Calabria, realizzata con il contributo U.E.*

PREFAZIONE

Alvaro e la Calabria. Alvaro e i suoi personaggi femminili. In una rete stretta ed essenziale si legano questo scrittore e i suoi temi, la terra natia come le madri di quella stessa terra, le mogli e le figlie. La scrittura di questo grande autore del Novecento, già tesa al pensiero dell'Europa, dei grandi spazi e delle moltitudini, pure ritorna incessantemente al suo paese «caldo e denso come una mandria», luogo privilegiato di una tradizione latina e greca. Non ha dimenticato Alvaro le parole dei suoi e nostri conterranei e predecessori, da Telesio a Campanella a Mattia Preti e Gioacchino da Fiore. È fra le pieghe di un antico Umanesimo mai dimenticato e nell'attitudine a filosofare riconosciuta alla sua gente, che nascono i numerosi racconti, i romanzi e i versi di una vita intera.

Dalla Germania, dalla Francia e dalla Russia, nei suoi lunghi viaggi, Alvaro getta uno sguardo indietro, al mondo lasciato alle spalle, ma che lo segue sempre nel ricordo. E gli sguardi che riaffiorano alla memoria, i volti e le parole, appartengono spesso alle donne della sua terra, sono due occhi di donna incisivi e inquietanti, attenti e scrutatori. Non a caso, infatti, i personaggi femminili di Alvaro sono tanti e diversi, ognuno segnato da una storia propria, spesso fatta di silenziosa con-

danna, di riscatto, di un pensiero che nel tentare di rendersi libero incontra ostacoli ingombranti. Alvaro registra i movimenti impercettibili delle donne di Calabria, di Luisa, Cata, Melusina, Creosoto e tante altre, perché ha scorto in loro la vera e possibile nuova vita. Anche ai margini della società, anche chiuse e oppresse, sanno guardare il mondo e incidere, lentamente, giorno dopo giorno, su di esso.

Nasce così la scelta di questo volume realizzato pensando alle donne, attraverso le parole, le immagini e i colori di chi a loro ha dedicato tanta parte della propria produzione artistica. Alvaro ha capito che per disegnare il profilo nuovo della femminilità moderna non era necessario gridare troppo forte: bastava schiudere piano gli usci delle case nei piccoli paesi, sbirciare fra i gesti del giorno e della notte, per scoprire un messaggio nuovo, forse cauto e timoroso, ma già pregno di coscienza, di desiderio e della volontà di vedere, finalmente, il sogno farsi realtà.

Otto marzo, una Festa delle Donne che oggi ha bisogno di contenuti rinnovati, di freschi entusiasmi. Ecco allora che la vitalità del mondo femminile si lega, attraverso il libro di questo nostro autore, alla stessa Calabria, regione caratterizzata dal forte impegno culturale. Un impegno che stiamo realizzando al di sopra degli echi quotidiani della violenza per riempire il silenzio con le nostre voci, con la nostra poesia. Poesia del lavoro quotidiano, della fiducia e dell'ottimismo. Poesia, inoltre, degli splendidi paesaggi continuamente da riscoprire, delle fisionomie degli abitanti, della memo-

ria dei luoghi ancora vivi di cultura millenaria fatta di ospitalità greca e latina, da sempre.

Una festa di colori e voci, la nostra Calabria, una festa per tutte le donne.

On. Michele Traversa
Assessore al Turismo
della Regione Calabria

CORRADO ALVARO
Vita e opere

Nasce il **15 aprile 1895** a San Luca, piccolo paese in provincia di Reggio Calabria, dal maestro elementare Antonio e da Antonia Giampaolo, di estrazione medio borghese. Primo di sei fratelli, trascorre un'infanzia felice, educato dal padre all'amore per gli autori classici come Manzoni, Balzac e d'Azeglio. Nel **1906**, terminate le scuole elementari, viene inviato a Frascati per proseguire gli studi nell'elitario collegio gesuita di Mondragone, frequentato dai figli dell'alta borghesia e dell'aristocrazia. Nei primi anni di ginnasio viene sorpreso a leggere libri considerati proibiti, disobbedienza che gli costa l'espulsione dal collegio. Risalgono a questi anni le sue prime prove letterarie, soprattutto racconti e poesie.

Costretto a cambiare collegio termina il ginnasio a Perugia e nel **1911** entra nel liceo Galluppi di Catanzaro. Nel gennaio **1915** è chiamato alle armi e assegnato a un reggimento di fanteria. Tra il '15 e il '17 alcune sue poesie compaiono sulla rivista «Riviera ligure», diretta da Mario Novaro, ma il vero esordio avviene con la pubblicazione di *Poesie grigioverdi*, dodici componimenti nati dall'amara esperienza della guerra.

Nel **1918** sposa la traduttrice Laura Babini e poco dopo si trasferisce a Milano, dove viene assunto come redattore al «Corriere della Sera». Nel **1920** esce *La siepe* *e l'orto*, la sua prima raccolta di novelle. Fin dal suo esordio l'Autore manifesta quella che sarà una costante della sua produzione: la vocazione a cantare la realtà umile e dolorosa della sua Calabria, le vicende e le passioni di personaggi tragicamente autentici, chiusi negli orizzonti angusti di piccole realtà di provincia. Dopo due anni si trasferisce a Roma dove scrive sul «Tempo» e continua a seguire la Facoltà di Lettere, a cui si era iscritto a Milano. Dopo un breve soggiorno parigino, in cui scrive il suo primo romanzo, *L'uomo nel labirinto*, viene chiamato da Giovanni Amendola al «Mondo».

Nel **1923** incomincia a frequentare casa Pirandello. In questi anni si definisce la sua posizione moderatamente dissidente nei confronti della cultura fascista. Scrive nel novembre del '25: «Io vorrei andare all'estero a esercitare un altro mestiere perché credo che tra poco mi sarà impossibile trovare lavoro». Nel **1926** viene pubblicato *L'uomo nel labirinto,* opera ispirata all'angoscia di vivere nella Babele cittadina. Intanto a causa della censura fascista il «Mondo», dopo essere stato più volte sequestrato, viene definitivamente soppresso e l'Autore è costretto a cercare altrove nuove fonti di sostentamento. Diviene segretario di redazione di «900», la rivista europea fondata da Bontempelli e Malaparte e inizia, senza firmare, una collaborazione con la «Stampa», dove nel 1927 pubblica le pagine iniziali di *Gente in Aspromonte*. Intanto scrive anche per riviste francesi e tedesche.

Nel **1929** riesce a pubblicare a Torino la raccolta di racconti *L'amata alla finestra*: l'opera, ispirata alla sua terra di origine, non riceve il premio Fiera Letteraria a causa, sembra, della opposizione di Mussolini.

Nel **1930** pubblica le raccolte di racconti *Gente in Aspromonte*, *La signora dell'isola* e il romanzo *Vent'anni*, dedicato alla memoria di Annibale Nofèri, un suo soldato caduto sul Carso, e al fratello Guglielmo Alvaro, anch'egli deceduto. L'Autore giunge qui alla pienezza delle sue capacità liriche e di trasfigurazione, più vicine alla suggestione che alla rappresentazione veristica.

Dopo alcuni viaggi, tra cui uno in Turchia come inviato della «Stampa», nel **1933** pubblica *Itinerario italiano*, raccolta di scritti ed elzeviri su città e paesaggi d'Italia. L'anno successivo dà alla stampa i volumi *Il mare* e *Terra nuova*; quest'ultima opera viene accusata di simpatie fasciste. Nel **1934** pubblica *Cronaca*, insieme di saggi e frammenti che spaziano dal campo culturale a quello moralistico e fantastico. Si evidenzia in questi anni la sua passione per il cinema e il teatro, con la realizzazione di vari soggetti e sceneggiature, a cui fanno seguito collaborazioni con riviste del settore.

Nel **1938** la Bompiani stampa il romanzo *L'uomo è forte*. Il volume racconta la situazione di una società dittatoriale, in cui il protagonista vive angosciato da sospetti e insicurezza. In realtà si tratta di una metafora della condizione umana, minata dalla paura di un mondo sfuggente e inafferrabile. Il libro riceve nel **1940** il Premio dell'Accademia d'Italia. Sempre in quest'anno esce la raccolta di novelle *Incontri d'amore*. Dopo un periodo tormentato dalle ultime ripercussioni della guerra, nel **1946** pubblica, sempre presso Bompiani, *L'età breve*, primo romanzo di una trilogia della quale faranno parte anche *Mastrangelina* (1960) e *Tutto è accaduto* (1961), in cui la tematica regionale si arricchisce di più pungenti implicazioni sociali e psicologiche.

Nel marzo **1947** assume la direzione del quotidiano liberale di Napoli «Il Risorgimento», da cui si congeda il 15 luglio per contrasti di impostazione ideologica. Continua la collaborazione con diversi giornali lavorando tra Roma e Viterbo, dove possiede una grande casa in campagna. Riprende a lavorare per il teatro e il cinema scrivendo il testo teatrale *La lunga notte di Medea* (rilettura critica della mitologia classica) e la sceneggiatura di *Riso amaro,* per la regia di De Santis.

Nel **1951** vince il Premio Strega con *Quasi una vita. Giornale di uno scrittore,* superando in finale autori come Soldati e Moravia. Nel **1954**, colpito da un tumore addominale, si sottopone a intervento chirurgico. Riprende a lavorare con lena raccogliendo in volume *Settantacinque racconti.* Tuttavia la malattia non gli dà tregua, provocandone la morte l'**11 giugno 1956**. Dopo la cerimonia funebre, celebrata dal fratello don Massimo, viene sepolto nel cimitero di Vallerano. Lascia incompleto il romanzo *Bel moro,* in cui tenta il genere fantastico-grottesco per denunciare la degenerazione della società dei consumi.

OCCHI DI DONNA

RITRATTO DI MELUSINA

Tra le cose che ho più care, v'è un ritratto di donna che comperai da un artista tornato dai miei paesi. Fu quasi un dovere per me prendermi questa sconosciuta e nasconderla agli occhi degli estranei; perché, sebbene io non ricordi quasi più le passioni della mia terra, me n'è rimasta una solidarietà carnale. So che molte donne della mia gente non si sono fatte mai ritrarre; basta presentarsi in una delle nostre strade con una macchina da fotografie perché tutte le donne volgano il capo dalla parte del muro; io ho un solo ritratto di mia madre, quando andò sposa, ed è tutta spaventata di trovarsi davanti all'obbiettivo una volta nella sua vita, accanto allo sposo in piedi in atto di proteggerla. Dico che anch'io soffro di questo ritegno primordiale: mi sembra di posare per qualche cosa di definitivo, prima che lo stampo della vita si spezzi. Ma per una donna dev'esserci un altro sentimento a questo ritegno: quello di appartenere a qualcuno non ancora rivelato, cui confida, però, già da piccola le proprie sembianze come un segreto, e la propria bellezza senza appello, senza testimonianze, senza ricordi. Una immagine nostra è sempre qualche cosa di noi, e anche su un'immagine si può coltivare un odio, pungerle gli occhi con una spilla, o un amore baciandola, ed ella non si può muovere, e forse di lontano il suo corpo se ne risente.

Comunque, le sembianze di questa donna sono tra

le mie carte. Ella sta qui a braccia conserte: la mano destra che copre la sinistra, come la più debole e la più indifesa delle due, mostra le dita ancora intatte, appena schiacciate alla punta dove ella ha l'impressione delle cose che ha strette; l'orcio, il pane, i bimbi fratelli, primi pesi della sua vita. I segreti della vita del paese si rivelano in lei, nel suo viso calmo dalla fronte bassa e dritta, come compressa da un lungo peso sopportato sulla testa da tutta una generazione di donne; il naso forte e diritto segue l'armonia della fronte, e di questa armonia si stupiscono le ciglia con lo stupore delle statue nel punto in cui le ciglia si disgiungono. Solo la bocca tumida, sporgente sul mento rotondo, ne rompe l'armonia ed è come un bacio cattivo su un volto ignaro. Ella è come ferita da questa sua bocca. Sta la donna afflitta e costretta; già il fatto che esista fra le mie mani la sua immagine la invecchia, l'appassisce, la uccide. Ella, certo, nella sua fronte bassa pensa, pensa a questo doppio di se stessa che non sa dove sia, e non lo dirà al suo uomo quando sposerà: unico segreto della sua vita, incomprensibile a lei stessa.

Conosco anche il suo paese perché vi fui. È costruito su una rocca bianca e si chiama, appunto, La Rocca. Da venti anni la popolazione di questo paese, che si era rifugiata lassù da alcuni secoli, emigra verso la bassa città lungo il mare. Tirati giù dai traffici e dai nuovi mestieri, si sono lentamente spostati quasi tutti, dopo che i signori vi abbandonarono i loro palazzi piantati a picco sulla roccia e si fecero le lunghe e basse abitazioni sulla strada ferrata fiancheggiata di geranii. Rimasero alla Rocca i più umili, pastori e contadini, che di là raggiungono facilmente l'altopiano dove fiorisce la lupinella, e gli orti nelle pieghe della terra, segreti umidi e ombrosi. Vi rimasero i vecchi, quelli che non avevano più da tentare la sorte, e i loro figli e i nipoti: ma già anch'essi col pensiero di dover partire. Vi rimase anche la donna del ritratto. Il suo nome è Melusina. Si trova nella casa dove il nonno centenario sta tutto tutto il dì seduto, le gambe raggricciate e le braccia smisurate al modo dei quadrumani. Mezzo cieco sta sulla porta al sole e lo fissa ostinatamente come legandovi la sua vita. Sullo scalino alto della porta un piccino sta per cadere e piangere, e gli risponde grave la capra che leva il muso di sull'erba fresca. Quello è il fratellino di Melusina, e sono i più piccoli della casa, nati quando il padre era già vecchio. I fratelli grandi hanno un mestiere nel paese nuovo. Soltanto loro sono rimasti fedeli alla terra. Melusina non ha quindici anni.

Quando Melusina si mette sullo scalino della porta, appare l'abitatrice d'un mondo di dove sono scomparsi gli uomini, e le generazioni stanno per estinguersi. Il paese abbandonato intorno si sfascia rapidamente, le piazze e le strade deserte sono amplificate dai meandri che si aprono nelle case crollanti, di dove hanno portato via le porte e le finestre, gli ammattonati e le tegole. Crollano a ogni pioggia, con un polverio minuto, i tetti e i pavimenti nelle cucine e nelle stalle. Tutto è divenuto bianco come se i respiri e le parole trascorse fossero raggelati e incanutiti nell'aria. Vi cresce solo l'ortica troppo densa. La nicchia scavata nel muro per posarvi il lume e il corpo dell'olio e del vino e la fiaccola di resina, è ripulita dal sole e dal vento, e la macchia d'unto scompare dalla pietra, e le crepature fanno una rete di varici intorno alla fabbrica.

Le piante erratiche si sono rifugiate sulle creste dei muri liberati dai tetti, sulle finestre vane, sui davanzali crollanti, che nutriscono della loro midolla il fico selvatico, e il boccaleone, e le spighe di segala. E i focolari spenti vi sono, e i consunti scalini alla porta dove l'acqua delle piogge stagna sull'antica orma dell'uomo che li ha scavati passando, e le scale monotone che precipitano dalla sommità come prese dalla vertigine della solitudine. Da stagione a stagione, gli uomini abbandonano il paese, con le masserizie caricate sull'asino che si lagna destando gli echi delle stalle deserte. Sono fuggiti anche i cani. La fontana s'è rotta come una vena, e si vede correre il filo dell'acqua nelle èmbrici messe a canale. La chiesa è spalancata, l'altare disadorno, e qui il muro che si sfalda è pieno di dramma: sembra che qui sia un perpetuo Venerdì Santo, quando si manomettono gli altari e se ne abbattono le suppellettili. L'eco delle squille e dei canti è fuggita attraverso le rotte vetrate. Le pietre tombali ricevono il sole del soffitto squarciato.

Questo è il paese dove è rimasta Melusina, e la sua bellezza in questo luogo è sorprendente come se reggesse il simbolo d'una vita finita, d'una tradizione abbandonata, d'una natura spenta e inodora. Forse un giorno si presenterà alla sua casa un pastore e dirà parole basse a suo padre, mentre ella vigila il fuoco, col piede posato sul focolare, il ginocchio alto, e su di esso il gomito e la mano aperta, il viso poggiato nel cavo della mano, con un bell'atto di forza in riposo nel fianco delineato ad arco, dalla guancia piena alla caviglia rotonda appena scoperta dalla veste pesante. Forse per lei rivivrà, come un fuoco che si appicca male, la vita del paese; e i figlioli suoi porteranno i resti della sua bellezza che si saranno spartita, tenendosi chi la bocca e chi gli occhi, e la trascineranno per i rigagnoli e i campi.

Quando vi arrivò il pittore, e la vide, ella stava seduta sulla porta. Egli si fermò a guardarla sorpreso. Ella si rifugiò in casa. Il pittore era ospite del più gran signore del luogo, quello che comandava sulle bestie, sui campi e sugli uomini. Il giorno dopo, che era domenica, stavano tutti in casa, e si presentò proprio il signore col forestiero. La ragazza si affacciò spaventata e disse: «Che volete?». «Voglio vedere tuo padre» disse il signore. Allora uscì fuori il padre, col viso bianco, che aspettava da quella visita insolita una cattiva notizia. «Tu devi permettere che questo forestiero faccia il ritratto a tua figlia. È un pittore della Germania e si porterà il ritratto molto lontano di qui. Nessuno lo saprà». Il padre non disse altro che: «Come volete, come comandate, signore» e allargò le braccia con rassegnazione. Chiamò la figlia che si presentò come una bestia riluttante al mercato. «Eccola qui» disse, quasi offrisse quanto aveva di meglio per non vederselo strappare con la forza. La ragazza sedette sullo scalino, il padre sedette accanto a lei, e dall'altra parte si era accostato il vecchio che stava attento al filo del discorso.

Il pittore prese da una borsa un foglio di carta, grande grande, bianco bianco, e si mise a disegnare. La guardava fisso. Ella teneva gli occhi chiusi. Il padre guardava ora lui ora lei come per capire un dialogo incomprensibile fatto nella lingua incantata degli uomini giovani. Ecco il pittore si fermava sulle ciglia, sugli occhi, sulla fronte, ecco fissava la bocca. Non si sentiva una parola. Anche il signore stava a guardare. Come un dio, guardava il pittore, come un dio ricalcava le sembianze di lei, ed ella si sentiva sotto una luce abbagliante con le sue vene, le sue pieghe, i suoi segreti, e tutto. E coprendosi una mano mostrava l'altra, e alla fine le nascose tutte e due come due colombe sotto il grembiule. Si sentiva percorsa punto per punto da quell'occhio come se la consumasse; e il pittore stesso imitava l'atto della sua bocca spingendo in fuori le labbra, imitava il suo sguardo, la ritrosia corrugata delle sue ciglia, e sorrideva. Ella sentiva di disfarsi lentamente, di inabissarsi, di perdersi, di fondersi nell'universo, di entrare in un altro corpo sotto altre spoglie. Il vecchio sentiva il fruscio della matita e gli strappi della mano che tracciava il segno come se lavorasse con un coltello in una materia viva. Melusina pensava alle streghe, ai ritratti sui quali si fanno i sortilegi, e già si vedeva spogliata delle sue sembianze, della sua vita e della sua ventura, le bruciavano gli occhi come se le conficcassero degli spilli vendicatori. Il signore rideva e diceva: «Proprio lei, proprio lei. Somigliano come due gocce d'acqua». Ella cominciò a guardare quell'uomo come se il loro destino si fosse unito assurdamente: le sembrava che l'avesse rapita, che ella gli avesse confidato un segreto, che si fosse affidata a lui per sempre.

Egli era nella sua mente come se l'avesse sposata, e all'alba di un matrimonio, immemore per un attimo di essersi legata a un uomo. E questo era il suo uomo, inaspettato, arrivato come una favola, che ella serviva scalza e dimessa. Il suo ritratto avrebbe viaggiato con lui, egli l'avrebbe messo in una stanza di una città lontana, e là ella sarebbe rimasta per sempre, sposa mistica di uno che l'aveva rapita. Si sentì vicine le mani di quell'uomo, e il suo fiato, e i suoi occhi d'acciaio. Dunque, ella tirò fuori la mano come se gli concedesse qualche cosa, aprì gli occhi, lo guardò. Il sole splendeva sulla testa bionda di lui, come un'aureola, ed ella ricordò che somigliava a qualcuno, sebbene così forestiero: forse a una immagine dipinta in una chiesa. Sentì per la prima volta in quella sosta il tempo, e le voci sommesse delle cose intorno, e l'immobilità delle statue dei santi sotto le ore che volgono col sole, e il suo respiro, e il battito del sangue sotto il pollice. Tra i suoi occhi fissi il mondo diminuiva e volgeva al tramonto come accade di sentire nel sonno. Le parve di dormire e di essere trascinata in alto.

Una voce, quella del pittore, disse: «È finito. Grazie». Allora ella si scosse. Vide che sorridevano mentre studiavano il disegno, il signore si stupiva, tutti e due non vedevano altro che quel foglio di carta dove avevano messo lei prigioniera; ed ella era rimasta sullo scalino come una spoglia inerte. «Volete vedere?». Melusina si nascose in casa. Il contadino fece cenno di no. Il pittore arrotolò il foglio. Il contadino ascoltava quello stridìo con gli occhi pieni di diffidenza e di dubbio. Nell'ombra della casa si udì Melusina piangere col pianto lungo, tenue, calmo, di chi piange una morte e avrà da piangere per molto tempo.

CREOSOTO

La mamma disse: «Questa è tua cugina; salutala e domandale come sta». La mamma credeva che io avessi dimenticato come si è gentili nei paesi e come bisogna ricordarsi di tutti, e che quando uno non si ricorda, la persona dimenticata è come se fosse un poco morta. «Come sarebbe a dire?» chiesi io. «Quale mia cugina?». «Non te ne puoi ricordare,» disse mia madre «perché quando tu andasti via era bambina. Non è tua cugina carnale, ma ha sposato tuo cugino, lo ricordi, il muto». Io me lo ricordavo il muto, avevo pensato qualche volta a lui, ma lo ricordavo sempre ragazzo, e non riuscivo a immaginarmelo grande e adulto. Era un ragazzo che non sapeva parlare, come se avessero dimenticato d'insegnarglielo; era pallido, mite, e con la bocca intatta perché non sapeva dire parole. Ci guardava giocare stando in disparte, quando eravamo ragazzi insieme, e obbediva sempre a qualcuno che, passando, gli chiedeva di andare di qua e di là per qualche ambasciata. Perché era sempre libero e disposto. Io feci un mezzo inchino alla mia nuova cugina, la quale stava seduta in disparte, in mezzo al gruppo delle giovani donne. Mia madre mi guardò compiaciuta perché sapevo essere gentile. Anche le sue amiche si congratularono con lei delle mie buone maniere. Non me le aveva insegnate lei perché non ne ebbe il tempo, ma sapeva che io le avevo imparate come lei desiderava. E difatti soltanto lei mi considerava come uno nato là, perché lei lo sapeva davvero, mentre tutti gli altri attorno mi guardavano come un estraneo. Anche la mia nuova cugina, e anche la mia vera cugina, di nome Pipicella. Stavamo tutti chiusi in una stanza intorno al braciere. Devo dire che la circostanza era triste perché quella era una visita di lutto. Io mi levavo di quando in quando per accompagnare alla porta i visitatori. Una di quelle donne stupì che io mi levassi tanto spesso, e mi disse: «Perché accompagnarli tutti? Alcuni non hanno nessuna importanza e non vale la pena di accompagnarli». Ma io li accompagnavo lo stesso, e in quel momento vedevo che essi si sentivano importanti perché io gli facevo onore; era povera gente, spesso trattata a insulti e a calci, erano vestiti di stracci, le berrette lacere sembravano una parrucca disordinata sui loro cernecchi, e io li accompagnavo come se fossero chissà chi. Erano orgogliosi di questo, mi salutavano stringendomi la mano, assumendo forme molto degne che nessuno gli aveva insegnato ma che trovavano con misura in quella dignità e considerazione.

Mi occupai della cugina Pipicella. «Come si ricorda di tutto!» dicevano lodandomi. Per mostrare che proprio me ne ricordavo, le chiesi se abitasse sempre quella tale casetta col ballatoio sulla volta. Erano scalze quasi tutte le donne, gli uomini erano vestiti come d'una vecchia scorza. Una donna assennata disse: «Naturale che si ricordi di tutto: è stato qui ragazzo». Replicarono: «Ma con tutte le cose che ha veduto, come fa a ricordarsi di tutti?». E allora si divertivano a chiedermi se riconoscessi questo e quello, e i loro parenti, e gli amici. Io ricordavo proprio tutto, come se fosse stato ieri che quella donna che mi stava di fronte in un pomeriggio estivo si fece vedere da me a dormire supina sul balcone di fronte al mio, con gli occhi chiusi ma come se vegliasse sotto le palpebre abbassate e il suo seno aspettasse. La scrutai per vedere se ricordasse. Arrossì. Guardai i piedi scalzi della cugina Pipicella, con quel pollice enorme e duro; piedi che parevano tartarughe, e un tempo erano stati rosa e gonfi. Ma a parte quei piedi cretosi era intatta, cioè aveva il corpetto molto stretto, chiuso al collo, e tutto come se non dovesse fare nulla del suo corpo. Voglio dire che ella aveva l'aria d'una persona che non serve a nessuno. Mia madre mi spiegò: «Suo marito non trovava lavoro e se ne andò in Australia. Ora la poveretta non sa più niente perché c'è la guerra e lui lo hanno messo in un campo di concentramento». La cugina Pipicella confermò questo racconto e aggiunse: «Gli hanno detto di negare che era italiano, e lui non ha voluto, ecco perché». La cugina Pipicella non voleva dire niente di straordinario, né lodare né biasimare suo marito; ma dire soltanto che lui non aveva voluto perché tale era la sua volontà, ed era un uomo e poteva fare quello che voleva. Allora io capii perché ella fosse vestita così rigidamente e perché i bottoni del suo corpetto e i ganci e le asole non avessero l'aria di essere tormentati.

Accanto a lei stava l'altra cugina. Non sapevo come si chiamasse. «Creosoto è il suo nome» disse la madre. Creosoto ascoltava come i gatti quando sentono che si parla di loro perché capiscono la parola gatto: voglio dire i gatti cittadini e non quelli di paese che fuggono davanti all'uomo. Guardai Creosoto. Mia madre capì perché la guardassi, e seguitò: «L'hanno chiamata così perché non ha padre né madre. Fu raccolta all'ospedale e chi la raccolse le mise questo nome». Creosoto guardava senza batter ciglio come se le dicessero la ventura sua. Disse: «Creosoto è il nome d'una medicina», e aveva una voce tanto esile che pareva non volesse bere di quella medicina. Mia madre seguitò: «Poi fu adottata da uno di qui, da Rocco. Ma lei non è di queste parti». Lo avevo capito che non era delle nostre parti, da un'intonazione lievemente nasale delle sue parole, e poi da un certo bruno del suo viso, un bruno marino, un bruno del sale quando il sale è nelle saline. E poi la testa breve, il naso diritto, gli occhi aperti e fermi.

In quel momento arrivò il prete a farci visita; si mise a sedere in mezzo a noi e cominciò subito a parlare. Parlava anche latino, e molto presto, forte e quasi allegro. Cominciò col dire che tutti dovevamo morire, che nessuno può non morire e che questa è una sorte comune ai ricchi e ai poveri, ai potenti e ai pezzenti. Si guardava intorno, e aveva gli occhi indifferenti. Le donne più giovani lo ascoltavano come se raccontasse la storia dei loro padri cui esse erano spettatrici. Egli si interrompeva di quando in quando per chiedere se diceva bene. Diceva tutto in un modo vendicativo, alla fine sorrise e se ne andò trionfante come la morte.

«Ma si chiama Creosoto di nome o di cognome?» chiesi io.

«Di nome, di nome».

«E come l'ha sposata nostro cugino?»

Mi raccontarono come mio cugino aveva sposato Creosoto. Creosoto era stata raccolta da Rocco che abitava lungo il fiume. Rocco era stato ferito alla testa e perciò poteva permettersi quante stranezze volesse: difatti abitava con sua moglie e con Creosoto. La teneva come si tiene un'orfana, e sua moglie lo compativa perché era stato ferito alla testa. Un giorno si presentò il muto e fece capire che voleva prendersi Creosoto. Lui era muto, non aveva nessuno, aveva imparato l'arte del falegname e poteva pensare a Creosoto. Mia madre disse che era un ottimo falegname, che quando lavorava era come se si esprimesse. Creosoto dunque lo vide e accettò di andare con lui.

14

«E come gli parlavate, Creosoto?».

«Davvero si esprime in una maniera straordinaria. Io non avevo mai saputo che si potessero dire tante cose» disse Creosoto. «Io fino a quel giorno avevo sempre adoperato le parole per dire le cose di cui avevo bisogno. Era così nella casa sul fiume, e anche Rocco e anche sua moglie parlavano soltanto di cose di cui c'è bisogno. Lo sapete com'è. Si dicono sempre le stesse cose: mangiare, bere, dormire, lavorare, e i soldi. Invece il muto si esprimeva graziosamente, perché senza parole mi raccontava ogni cosa. Perché fa attenzione a tutto, e siccome non sente parlare, ha tempo di pensare e guardare, e vede i fiori, il cielo, e si meraviglia. Pare che dipinga, quando racconta».

Creosoto aveva parlato così, poi tacque. La cugina Pipicella intervenne nel discorso, e parlò anche lei, d'impeto, mentre le si gonfiava il collo alle parole, e sembrava un uccello che canta. Disse: «Avevano fatto la promessa di rispettarsi sempre, e che Creosoto non profittasse del fatto che lui non sapeva parlare per mettersi d'accordo con qualcuno e commettere cattive azioni». Creosoto abbassò gli occhi e riprese a parlare lei. Noi tutti ascoltavamo come parlava bene, e come quello che diceva sembrava piccolo e futile, perché c'era la morte in casa. «Io andai a casa del muto (così ella chiamava suo marito), e la casa è nel paese, con molte case intorno. Le finestre delle altre case guardano dentro, e c'è la gente che guarda dentro. Io guardavo la gente che passava, ed era come se tutti avessero un grande dispiacere e come se andassero cercando qualcosa che hanno perduto. La gente passava e guardava. Passava anche il signor Ferdinando, che occupava tutto il vano della finestra; passava lento, si girava, si voltava. È incredibile come possono sembrare grandi gli uomini nelle case. Ma non parlava. Una volta che era sera, e sembrava che tutto fosse perduto e che il muto non tornasse, quella sera il signor Ferdinando si fermò davanti alla finestra e mi disse: "Creosoto, devi sapere che io ti posso mandar via da questa casa e da questo paese. Tu dài scandalo e cattivo esempio. Tu vivi con un uomo, e questo è immorale"».

«Non eravate sposati?».

«No» disse Creosoto. «Stavamo insieme perché io ero un'orfana e lui era muto. Io non gli dissi niente al muto quando tornò. Lui non sapeva e non sentiva niente. Lui non sentiva neppure, la sera, quando mangiavamo, il rumore del cucchiaio nel piatto e il balbettare del lume a petrolio. Io sola sentivo queste cose e le sentivo per lui». Tutti stavamo attenti a come si esprimeva Creosoto che, abituata a parlare col muto, diceva tutto gentilmente e come se parlasse da sola. Ella seguitò: «Non era soltanto il signor Ferdinando, ma tante bocche che parlavano davanti alla finestra o sulla porta; e dicevano tutti la stessa cosa; pregavano, supplicavano, imploravano, e dicevano: "Sei bella, sei bella". Io avevo la testa piena di preghiere come le statue dei santi. Il signor Ferdinando ripassò una sera, e mi disse: "Tu sei immorale, tu dài scandalo, ecco". Io gli dissi: "Ma che devo fare?". Egli si avvicinò e tentò di entrare, ridendo. Tremavo. Chiusi la porta di dentro».

Il racconto di Creosoto fu interrotto dall'ingresso della zia Orsola. La zia Orsola aveva un gran neo in mezzo alla fronte che le dava un'aria di grande saggezza. Ma non era saggia. Mia madre mormorò: «Falle molto onore, perché a furia di frequentare la baronessa si sente importante e si sdegna facilmente». Io le feci molto onore, e lei stava attenta se mai sbagliassi e se veramente mostrassi grande considerazione; altrimenti se ne sarebbe andata senza voltarsi indietro.

Chiese da bere, e mia madre si precipitò a portarle la più grande caraffa d'acqua che ci fosse in casa; la zia Orsola rimase soddisfatta, e chiese soltanto se veramente quella fosse la più grande caraffa d'acqua. Quando sentì che si parlava male del signor Ferdinando s'inalberò e andò via senza voler sentire. Aveva occhi di povera, ma non voleva che si parlasse male del signor Ferdinando.

«E come finì la storia di Creosoto?» chiesi io.

«Finì che il giorno dopo andarono due guardie che la accompagnarono al suo paese» disse una ragazza che non aveva mai parlato.

Creosoto seguitò: «La sera arrivò il muto e mi chiese se avevo fatto qualcosa di male».

«Ma come parlava il muto?».

«Parlava così,» rispose Creosoto «a gesti, e così si esprimeva; e anch'io mi esprimevo così perché avevo imparato il suo linguaggio. Io dissi: "Se tu non puoi sostenere il mio braccio, allora restiamo così, un braccio lontano dall'altro". Il muto rispose: "Io ti terrò fra le mani, perché mi stai dalla parte del cuore. E se ci mettiamo come dito con dito, allora io posso chiamare quelli coi galloni e farò minacciare il grosso signore". Io gli dissi: "Bene, allora mettiamoci come dito con dito agganciati". E così ci sposammo».

Arrivò finalmente il muto. Portava la cassa per il morto. Voleva che ne ammirassero ogni particolare, e fece il gesto di chi si prepari a riposare bene e a lungo. Discorreva a modo suo strizzando gli occhi, disegnando nell'aria con le mani, e diceva molte cose che non intendevamo bene ma che dovevano essere molto dolci.

LA CAPITANA

Tempo fa, morendo un prete dei miei paesi, mio parente, mi lasciò la sua biblioteca. C'è qualche libro pregevole, qualche altro curioso, uno sovrattutto che ha una storia che io conosco come se mi ci fossi trovato; è intitolato: *Le Epistole di San Girolamo*, ecc. ecc., stampato a Firenze, presso i Giunti, nel 1560. Sulla fodera di cartapecora, un dito intinto di nero vi scrisse con uno stampatello malfermo: *Viva il Re! Viva Dio!* Era questo il grido dei Massisti calabresi durante la guerriglia che sostennero contro i francesi del generale Reyner e di Massena; questo grido era scritto sulle bandierine ed è qui come su un vessillo. È uno dei pochi libri superstiti fra noi attraverso quel tempo, e quella scritta suona come un esorcismo, perché nella guerra contro i giacobini si fece anche guerra ai pochi libri che si trovavano nei paesi disadorni sui monti, essi bianchi e augusti nella terra fatta soltanto di cose necessarie: erano considerati la causa di tutti i mali, si raccoglievano per bruciarli in piazza all'arrivo delle bande galoppanti sui cavalli selvaggi, o volanti coi loro stracci agli agguati, nei boschi dove si aspettava il nemico. Di pugno dell'uomo è scritto, sui fogli bianchi di riscontro, soltanto il novero degli anni: ogni nuovo possessore vi ha tracciato un calcolo fra l'epoca in cui era stato stampato il volume e quella della vita di lui. Ci sono due calligrafie del Settecento, una dell'Ottocento, e segnano l'età del libro, e quante volte in questa età è entrata la vita d'un uomo. Al 15 luglio del 1800, dice uno di tali calcoli, erano passati 240 anni. Altri molti ne·passarono poi fino a me, altre ne passeranno, e questo libro comincerà sempre così, con la sua voce antica: *Epistola prima: Della Vita Solitaria*.

Fu una giornata che se la raccontano ancora. D'estate, quando dopo la mietitura e la vendemmia si celebrano da noi le feste dei santi protettori, si videro un giorno risalire il colle apparenze umane insolite; un lusso di colori, come mai si videro, e cavalli, e una massa variopinta d'uomini, e una siepe di fucili neri. Mentre il popolo sbarrava le porte e si affacciava alle finestre, i ragazzi andarono incontro ai sopravvenuti, prima aspettandoli appollaiati sui sassi e sulle dune, scalzi e mezzo nudi, offerte inermi della popolazione. Ma gli armati erano amici, si vedevano da vicino con facce familiari, rese soltanto un poco più dure e feroci da barbe e mustacchi; e del resto, sulle uniformi diverse, un cappello a cono, una bisaccia a tracolla, e un portabandiera che cavalcava un asino familiare, ripresentavano aspetti noti. Di più: in mezzo alla banda scoppiò, come una zuffa, il suono di una fanfara: sui primi colpi del tamburo si cominciò ad arrovellare una zampogna, e il suo ritmo monotono e sfuggente fu scandito da un piffero di legno, nasale e petulante. A quel richiamo, improvviso con un colore di festa, la gente si riversò sulle porte, e di qui come da comodi palchetti, per tutto il borgo in salita, vide la banda empire col suo rumore la piazza; i ragazzi marciavano al passo davanti ai musici, e battevano due sassi uno contro l'altro, segnando il tempo, assorti in un sogno avventuroso, marcando il passo con le gambette nude; e il passo era più grande di loro, sentendosi sventolare intorno i loro stracci. Un grido scoppiò: «Viva il Re! Viva Dio!». Per sottolineare quel grido, colpi di schioppo salirono in aria, e gli stoppacci e i sassi della mitraglia fecero nel sole rose di fumo. Il portabandiera agitava il vessillo azzurro e il pistolone a tromba; davanti a tutti, il capo, sul suo cavallo selvaggio dal crine lungo e cinereo, animale nobile fra quegli uomini plebei, si scoprì la testa agitando la feluca, che portava da ufficiale nella marina inglese. Una zazzera ricciuta si versò fuori, e la figura del capo apparve in piena luce, imberbe come un fanciullo, l'occhio nero e umido, il petto molle e gonfio sotto la fila dei bottoni lucenti e degli alamari della giubba rossa. I ragazzi cominciarono a tempestarsi di pugni per poter vedere da vicino quell'apparizione; le donne strillavano: «La Capitana! La Capitana!», ridevano rosso e bianco intorno a lei, nelle barbe nere, quelli della banda, la fanfara si mise a suonare di nuovo, e la Capitana agitava il braccio ridendo d'un riso dolce e feroce; gridò con la sua voce squillante che era come lo strillo d'un falco: «Viva il Re! Viva Dio!». Un uomo che stava a cavallo accanto al portabandiera gridò: «Viva la Capitana Cicà Lagamba!».

La Capitana Cica Lagamba era piuttosto piena, calettata dalla patina bruna che le aveva dato il sole. Il sudore che le irrorava il viso e le appiccicava i capelli le dava un aspetto felice di adolescente e una lucidità di statua. Asciugandosi col rovescio della mantelletta che portava sul braccio sinistro, parve uscire da un bagno. Un ragazzo ebbe da lei, curva sull'arcione, l'ordine di andare a chiamare il prete, e fu una frotta intera a correre via per l'ambasciata. Il prete venne tra pensieroso e premuroso. Aiutò la donna a scendere di sella, divenuto involontariamente cavaliere; ella gli baciò la mano, ma levando il viso gli diede un ordine.

Si aprì la porta della chiesa; le campane si misero a suonare imbrogliandosi un po', perché dovevano essere in molti a tirare le corde, e proprio di quelli della banda. In piazza rimasero soltanto i cavalli degli ufficiali, quello della Capitana in disparte, e l'asino del portabandiera con cui i monelli si prendevano qualche confidenza. Quello che era rimasto a guardia delle bestie dovette sostenere gl'interrogatori dei curiosi. "Sì, la Capitana aveva venticinque anni; era sposata; ma il marito glielo avevano ucciso i francesi. Sapeva chi glielo avesse ucciso? Sì, per vendicarlo era divenuta capomassa. Aveva trovato l'uccisore? Lo aveva trovato e lo aveva voluto uccidere di pugno suo, a freddo. La sciabola che porta, appartenne, appunto, al suo nemico, che avrebbe voluto essere il suo amante. Aveva un amante la Capitana nel suo seguito?". Il guardiano fece una scrollata di spalle: «Cica Lagamba è la più coraggiosa Massista che ci sia. Con lei i giacobini non ci ponno. La Capitana è giusta. Sapete che i giacobini dicono che Dio non c'è? Noi difendiamo Dio. Quando ci càpitano fra le mani li bruciamo». Egli diceva queste cose con l'aria dimessa di chi parla delle faccende quotidiane. Le donne approvavano, e qualcuno strillava: «Ma come fanno a dire che Dio non c'è? Come fanno a negarlo?». «Sono diavoli, e Napoleone è il diavolo in persona. Ma gli inglesi gli dànno la caccia. Gli inglesi sono nostri amici e amici del Re».

Le campane attaccarono il canto della processione, un allegro mosso che correva pei campi rasati ed echeggiava nei boschi. La terra intorno sembrava impreparata a quel suono, e i monti e il mare lontano si accorgevano stupiti che era festa. Nella chiesa, come un'esplosione, voci intonarono: «Noi vogliam Dio!». Ed ecco che sulla porta apparve di nuovo la fanfara, a quel suono pareva si accendessero i ceri che si presentavano ad uno ad uno, mobili e fatui nel vano buio della porta. Come chi non si vuol chinare, dritta e rigida passò per la porta la statua di San Rocco, e fu un'apparizione che nessuno si aspettava, come di un gran signore che si affaccia brusco a vedere che accade. Ma poi fu sulla piazza e apparve agli occhi di tutti con l'aria di dire: «Ma che vogliono da me? E perché nessuno è preparato a vedermi?». Per fargli onore la gente si buttò in ginocchio dove era, dai balconi e di sulle porte, in mezzo alla strada e negli orti. Senonché levando gli occhi videro l'immagine straordinariamente trasformata che al posto del bordone di pellegrino stringeva un fucile; al cane, che gli leccava la ferita sul ginocchio, avevano appeso al collo un pistolone a due canne, e messo sulla testa un cappello a cono. «Dio e i Santi sono con noi!» gridò la Capitana sguainando la sciabola, ai piedi del Santo. Coprirono le sue parole le grida dei seguaci, e l'inno. «Noi vogliam Dio». Il prete, che non voleva officiare, fu portato amabilmente in mezzo a due sgherri, e poi si mise di buona voglia a cantare, mentre alcuni di quelli sbattevano a destra e a sinistra un incensiere, tra spire di fumo odoroso. La Capitana, in ginocchio, si mise a pregare: «Aiutateci contro i Giacobini, per Iddio e per il Re!». Poi si volse di scatto, e spalancando la bella bocca, gridò: «Chi ci vuol seguire?».

Un uomo pallido, dal viso appena ombreggiato dalla barba rossiccia, si fece avanti e si mise la mano sul petto. La Capitana lo guardò e gli sorrise. Egli disse: «Ho un buon cavallo e un fucile». «Quanti anni hai?». «Ventidue». Gli strinse la mano, ed egli le si mise al fianco guardandola. Ma uno della folla, che aveva guardato la Capitana con occhi fissi e incantati, le si avvicinò per dirle: «Quest'uomo che avete preso ha dei libri in casa, sa leggere e scrivere. Pensateci bene. Legge il francese». Questo tale aveva un grosso viso su un corpicino sottile, come una maschera, le labbra tumide, gli occhi piccoli e neri, fissi, e parlava a fatica. Era il debole di una casa ricca, come allora, nelle grandi famiglie, ne nasceva sempre uno fra tanti; e questo, nelle famiglie della borghesia, rappresentava l'innocenza e la cattiveria nelle loro più nude forme. Il giovane tirò fuori dal sacco che aveva già preparato due volumi rilegati in cartapecora, e aprendone uno disse: «Questo è il libro d'un santo, San Girolamo». Ella chinò il viso sulla pagina aperta e si mise a compitare a fior di labbra; il giovane le vedeva le guance piene, l'occhio umido e tornato infantile mentre era intenta a decifrare le sillabe. Dopo di che la Capitana baciò la pagina, facendovi prima una croce con l'unghia. L'uomo allora non fece altro che tracciare sulla fodera, con un dito intinto di nero: *Viva il Re! Viva Dio!*»; spaccò una canna a un'estremità, nella fenditura fissò il libro e lo levò in alto, mostrandolo a tutti. L'altro volume lo buttò in terra e lo allontanò con un calcio. Ma il portabandiera lo raccolse, lo infilò a una canna come aveva fatto il primo, e lo agitava; il vento giocava con quei fogli e lasciava leggere il frontespizio: *Voltaire, Romans allégoriques, philosophiques etc.*

LASCIARSI

Egli aprì la porta mentre ella stava accomodando qualcosa nel suo armadio: i suoi vestiti i quali si agitavano come bambini che si devono ritirare quando entra un uomo, e non devono assistere ai discorsi dei grandi; ne riconobbe uno che ella indossava un giorno di primavera, durante una passeggiata. (S'erano incontrati di mattina; il mercato non era stato ancora sgombrato, e c'erano le prime ciliege: ne avevano comperata una cartata e s'erano messi a mangiarne per istrada; buttavano i noccioli in terra, e a un certo punto egli aveva detto: «C'è una favola di bambini sperduti nel bosco, che ritrovano la via del ritorno, perché s'erano forniti di lupini e ne avevano buttate le bucce lungo il percorso»; ella lo aveva guardato coi suoi occhi stupiti, aspettando altre meravigliose invenzioni; difatti egli pensava a qualcosa di meraviglioso da dire. La giornata era bella, il sole scottava, la terra odorava di nuovo; anche la cipria di lei s'era messa a odorare forte, come un cespuglio di rose nascoste dietro un muricciolo).

Ella lo guardava ora coi medesimi occhi stupiti, di sotto le sopracciglia rasate e aspettava. Chiuse la finestra. Il cielo si vedeva altissimo da questa finestra al primo piano; le case si levavano dal basso come torri, come alberi, d'un calore caldo nel crepuscolo, e sopra ad esse la grande distesa del cielo intenerito ai primi lumi della sera, più fulgido e lontano, che le rondini tiravano in alto come una rete. In quel momento la strada profonda s'illuminò tutta di lampade, ma ancora smorte come le stelle che saltano su in un cielo troppo chiaro; poi, lungo le facciate degli edifici, s'illuminarono le finestre, a gruppi, le ombre passarono sui vetri; sembrava di essere quelle ombre. Di qua, di là, attorno, le voci erano d'ombre.

"Per fortuna non sono sola" ella pensò. "Sola, a quest'ora". Le voci delle stanze vicine, i passi delle stanze di sopra erano pieni d'un senso rassegnato, dolce e solenne come una preghiera. Ella fece l'atto di accendere la luce: «Ma ci si vede ancora». Nell'ombra egli vedeva i suoi oggetti confidenti, la scatola di qualche vecchio regalo natalizio, divenuta custodia delle sue forbici, dell'astuccio per gli aghi, del suo filo, dei suoi bottoni. Ella era sola in una stanza qualunque d'una qualunque pensione. C'era una domestica molto giovane, venuta dalla campagna, che appena chiamata in quella stanza buttava avidamente gli occhi su tutto, voleva sapere tutto, capire tutto.

Ella aveva ventidue anni, egli trenta. Da quando avevano mangiato insieme quelle ciliege era come se si fossero legati, come se aspettassero la fine d'un racconto incominciato. «Ah, questa è la sua stanza» egli disse. In questo momento si trovavano davanti a uno specchio, e nella penombra si scorgevano come apparenze in un mare profondo. Vi si rifletteva tutta la stanza: il tavolino, la poltrona, la tenda, la finestra, e dietro alla finestra velata, tutte le finestre illuminate della casa di fronte. A qualcuna, buia, pareva che una persona solitaria stesse a guardare. Forse fu per queste finestre, per questo senso degli uomini solitari, delle donne sole, dei passi soli in quelle stanze ignote, che egli le prese una mano, il polso, e il suo polso era sottile, incredibilmente leggero in rapporto alla sua figura grande e ben fatta. Forse se la luce fosse stata accesa, non sarebbe accaduto nulla; non sarebbe accaduto certamente. Ella lo capiva. Ma nello specchio le ombre diafane, sfumate, erano felici di ritrovarsi; i contorni si perdevano e le due persone diventavano una, quasi che due oggetti diversi nella stanza, quando le stanze sono sole e deserte, avessero composto una fantasia amorosa. Forse dietro tutte le finestre della casa di fronte accadeva la stessa scena, forse due persone nell'ombra si abbracciavano perdutamente di fronte al panico profondo che saliva da tutte le cose come un interrogativo; mentre dalle finestre buie qualcuno contemplava la luna che appariva nel cielo della città e versava la sua luce d'oro tra quella rossiccia delle lampade elettriche. Poiché la finestra era bassa, si scorgeva un lampione che illuminava un marciapiede, e nella zona di luce, gente solitaria passava lungo il muro giallo e assorto della sua vecchiaia, nelle sue scrostature, negli echi d'una notte profonda, insensibile alla sera, ricordando ostinato la notte dei vagabondi.

"Se invece di me fosse qui un altro uomo" egli pensò. "Sarebbe accaduto lo stesso" si disse. "Lo stesso, io o un altro, lo stesso". Non erano più loro, ma le due ombre, una più chiara e leggera, l'altra più scura, che s'incontravano, e lo specchio indifferente le rifletteva con la pazienza con cui descriveva la poltrona, la tenda, il tavolino. Ella lo assecondava fedelmente, pazientemente, come si asseconda un compagno di ballo. «Povera cara, povera cara!» egli mormorò. Erano le prime parole che egli diceva, e in quel silenzio, in quella penombra, si fecero strada come la luce.

Come se qualcun altro avesse parlato fra di loro, un testimone sopraggiunto improvvisamente, o come se ella si accorgesse di avere fra le braccia un'altra persona da quella immaginata, ella si staccò da lui. Lo specchio rifletteva ora la stanza vuota, e i mobili pazienti. Poi il tasto della lampada scattò nel buio, e la luce stese il suo chiarore indifferente su tutto.

Passato il primo panico della sera imminente, il mondo diventava praticabile, noto, solito. Di là dalla finestra della casa di fronte qualcuno rientrava; col medesimo rumore scattavano i tasti della luce elettrica; le nostalgie, le inquietitudini, gli smarrimenti della sera infinita ed eterna si placavano nel primo saluto serale. Le finestre non illuminate erano inondate dalla luce che si confondeva ormai col lampione dell'angolo.

Ella s'era seduta sotto la luce, e si stava ritoccando le labbra; si guardava in uno specchietto come riprendendo possesso di sé. Tornava sola, sua; sue le mani in cima al polso lieve, sua coi suoi oggetti familiari, con la scatola di dolci d'una vecchia festa, contenente l'ago, il filo, i bottoni; ella guardava i suoi occhi chiari nello specchio, come se non esistesse più nulla al mondo. Ella sola conosceva punto per punto il suo viso, e vi ritrovava le piccole sgranature, le minime macchie, come d'un frutto. In questo momento egli fece per avvicinarsi. Ella lo respinse dolcemente ma fermamente, posandogli sul petto il rovescio della mano che stringeva il bastoncino di rosso fra le dita. Egli vide quelle dita da scolara che lo smalto non era ancora riuscito a trasformare: le dita della ragazza che vive sola e s'industria da sé coi suoi oggetti confidenti che l'accompagnano da solitudine a solitudine.

«No» ella disse, e lo guardò supplichevole. Abbassò lo specchietto sulle ginocchia, chiuse gli occhi. In questo atteggiamento, dolce e sofferente, pareva che ella stessa si vedesse componendosi come in un sogno; bisognosa di aiuto mentre nessuno la poteva aiutare.

«Ora,» ella disse ritoccandosi con diligenza la linea del labbro superiore, e con la cautela di chi compie un esercizio difficile e pericoloso «ora vado al cinema».

«Ti accompagno?».

«No, vado da sola. Ho bisogno di stare sola. Ho bisogno di piangere».

«Perché devi piangere?».

«Ho bisogno di piangere. Tu non hai mai bisogno di piangere?».

«Qualche volta. Ma io piango davanti allo specchio».

«Questo usava una volta. C'è un film che fa piangere. Si fa un bel piantarello, ci si asciuga gli occhi, e si esce senza aver fatto male a nessuno».

«E non potresti piangere da me?».

«Da te?» ella disse, mentre si sottolineava la linea delle labbra come si trattasse d'una frase detta. Rise, alzò le spalle.

L'ingresso del cinema era illuminato come quello dei ristoranti. Le donne si fermavano dando un'occhiata alla fotografia d'un giovane che le guardava aspettandole. Esse si affrettavano come a un appuntamento, col passo risoluto e insieme restìo di chi va incontro a un amante.

«Vieni, vieni accanto a me» egli disse. Da quando ella abitava quella stanza, non s'erano mai seduti su quel divano foderato di raso turchino, troppo stretto per due; e forse nessuno ci si era mai seduto a lungo: era un mobile come ne esistono negli alberghi, dimenticato, simile a certe persone cui nessuno rivolge la parola, e pure sono sempre pronte, e non aspettano altro che ci si accorga di loro. Sul divano si scivolava, ed egli doveva tenerla stretta fra le braccia perché non cadesse. Le teneva una mano dietro la schiena, ma sentiva che il resto del corpo scivolava lentamente sul raso liscio, con l'impressione di chi ha tra le mani un sacco pieno che si vuota. E perciò bisognava tenerle una mano sulla coscia, regno simile a quelli che si vedono descritti nei libri di viaggio, dall'altra parte della terra, dove sono strani luoghi e paesaggi, isole dai nomi buffi.

Ella si mise a piangere piano come se gli parlasse all'orecchio. Non faceva nessuna pena; piangeva come un bimba che si è fatta male, come per una cosa che passa. Era l'estate. Fra loro due quelle lacrime suscitavano un'umidità calda, afosa; erano grosse lacrime che bagnavano anche lui. Sotto il pianto il viso di lei pareva ingrandirsi, velarsi come le cose sotto la pioggia. Siccome ella era più grande di lui, più complessa e più forte, egli sentiva su di lui quella presenza vasta, si sentiva più grande e più profondo. E il calore di lei lo dominava e lo stordiva.

Veramente, queste erano le impressioni d'un tempo che ora tornavano, ma come una stagione che ha perduto il suo incanto, la stagione degli uomini che hanno esperienza e che si stupiscono d'esserne stati felici. Un tempo gli era sembrato di visitare un paese tropicale pieno di piogge dirotte e calde in cui tutto d'improvviso germoglia e cresce. Poi questa stagione era cessata, e le era succeduta un'altra arida e senza mistero. Anche le parole che si dicevano erano aride, e le sere erano gialle, del colore di stoppia dei suoi capelli. I suoi capelli gli ricordavano il deserto. E così era finito tutto, in una insopportabile arsura. Egli si svegliava la notte per tracannare un bicchiere d'acqua, mentre ella lo ammoniva che gli faceva male. A volte si mettevano viso contro viso, ed ella riusciva appena a strizzare una lacrima aspra e salata. E questa arsura li aveva tenuti legati come in un viaggio nel deserto, fino a quando ella non diede in quel pianto dirotto. Egli l'ascoltava come si ascolta la prima pioggia d'autunno, accucciato in silenzio nella forma vasta di lei; e come si sente la voce di tutte le cose sotto il passo molteplice della pioggia, e i tetti e gli alberi e le strade, così egli sentiva ogni parte di lei rispondere a quel pianto, trasalire e sussultare fino alle membra più lontane. E questo gli faceva sentire che ormai ella era sola e che non gli apparteneva più.

Non c'era nessuna ragione apparente a quel pianto, né male né dolore. Perciò non valeva la pena di consolarla. Egli la teneva come un bottiglione che sta versando, quando la mente è occupata soltanto dalla preoccupazione che si vuoti tutto. Pensava ostinatamente che era finita e che l'avrebbe lasciata. Ella lo aveva capito. Lo aveva capito già dal fatto che si trovavano sul divano dove non erano mai stati, come se cambiassero mondo; qui ella non sedeva se non la mattina, mentre calzava le sue lunghe calze nebbiose, col viso ignaro, le labbra strette e attente, gli occhi freschi e indifferenti che ella stringeva come per non farsi guardare. Perciò non le rimaneva altro che piangere. Era diligente e ordinata: siccome aveva il pudore dei suoi sentimenti, non faceva mai nulla che non fosse opportuno e adatto alle circostanze. Perciò sapeva che ora doveva piangere. Soltanto gli uomini sanno dire certe cose all'improvviso, improvvisamente estranei e cattivi. In una donna giovane esiste un rispetto delle convenienze, una certa pedanteria. Ella diceva e faceva quello che si deve fare, in ogni circostanza.

Ma non toccava a lei parlare. C'era in lei un'esperienza naturale, dettata dalle lunghe attese delle donne, dal loro destino di aspettare sempre quello che fanno gli altri e di dipenderne. Egli non diceva una parola, e pensava soltanto: "È furba. Ma non vincerà. Domani sarò libero. Sarà finita". E si immaginava la mattina, solo davanti allo specchio, nel momento in cui tutto torna dagli antichi ricordi, l'ora in cui ci si fa la barba. Sarebbe tornato ai suoi amici, dopo averli perduti tutti, da quando era stato invaso dalla presenza di lei, stampato dalla forma di quell'abbraccio, con le labbra che meccanicamente, quando era distratto, si atteggiavano nella forma del bacio. Pensò che era ancora primavera, pensò agli alberi, a certe strade dove vola il vento che arriva dal mare. E avrebbe sentito vicine le parole degli altri. Negli ultimi tempi, quando gli parlava qualcuno gli pareva che le parole arrivassero di lontano, quasi in sogno e non vere. E senza senso. Né l'amicizia né il lavoro né il denaro aveva più importanza per lui. E che i suoi affari andassero male, che il suo patrimonio fosse in pericolo, non gl'importava. Quando andavano insieme fuori di città, certi giorni, gli pareva che il mondo sensibile fosse su un'altra riva e che gliene arrivasse un'eco fievole, senza dolore né gioia. Non aveva pietà né amore di nessuno, curiosità di nulla, voglia di nulla. Perché potesse risentire ancora qualche cosa del mondo, la doveva lasciare.

E intanto, mentre ella scivolava sul divano e stava per cadere, egli la stringeva a sé. Ridevano come d'un gioco. Ella terminò di piangere come se terminasse un discorso. Era stanca e irritata. Egli ne sentì le membra come se ella riprendesse il possesso di sé ritogliendole a qualcuno. Le gambe che alla fine erano scivolate sul tappeto, l'avrebbero sorretta fino all'uscita, mettendo un piede davanti all'altro, in quell'atteggiamento che lo aveva sempre fatto trasalire quando ella gli si avvicinava abolendo le distanze e il tempo, immagine sensibile di quello che accade da un minuto all'altro, delle creature che si avvicinano soltanto per voi.

Finalmente egli parlò, mentre toccava con le sue labbra quelle di lei tornate gonfie e nuove, e ormai estranee. È incredibile come una donna può tornare padrona di se stessa. «Devo partire» egli disse. "Purché non faccia storie" egli pensò. Ella si levò, e per non cadere puntò il gomito sul petto di lui. Egli si ricordò delle volte che questo gomito non gli aveva fatto male come ora. Non faceva storie. Si rassettò stando seduta sul divano, e si assicurò le calze. Per la prima volta egli notò che ella aveva le gambe troppo asciutte sopra il ginocchio. O forse era la positura in cui si trovava. E questo effetto di prospettiva gli parve cosa di tutt'altra creatura. Era strano che dovesse ancora scoprire in lei qualche cosa. Ella si levò per andare nella stanza da bagno, dopo aver preso il cappello che aveva lasciato sul tavolino.

Nell'altra stanza ella si muoveva. Si sentivano i suoi passi andare avanti e indietro davanti allo specchio. Egli conosceva il fruscio del pettine nei suoi capelli aridi; sapeva che appena ravviati i capelli, la sua fronte ricurva somigliava per un momento alla fronte d'una bimba. Ecco le cose cui non sapeva resistere. Ella ora canticchiava. Egli non l'aveva mai sentita cantare se non vicina, quando nelle sere felici, stringendolo contro il seno, gli faceva sentire la profonda vibrazione del canto nel suo petto. Ora, quel passo incerto, esitante, che lasciava aspettare un pezzo quello seguente e che arrivava sempre troppo tardi, risonava in una profonda solitudine, simile a quella che si sente nelle case moderne di là dalle pareti, in certe ore solitarie senza una voce, e arriva questo segno dei viventi chiusi fra quattro mura. Quel passo l'avrebbe portata via, tutto non sarebbe stato più vero e come mai accaduto. Cantava a intervalli, come se pensasse e prendesse nuovamente possesso di sé. Cantava per sé sola, incertamente, come se nelle pause ella cercasse una cosa fuggita che non ritrovava. Si fermava, ricominciava tra un passo e l'altro, e tutto era in una solitudine senz'altro ricordo che di un tempo molto remoto, nel tempo in cui ella non lo conosceva ancora.

Riapparve con la borsa sottobraccio, sorridente d'un sorriso di convenienza, e con lo sguardo con cui le domestiche lasciano i padroni, dopo aver conosciuto tutto d'una casa, subìto e sopportato tutto, e nulla rimane più in esse della noia di aver veduto tanti segreti della vita quotidiana.

Egli balzò sul divano. «Senti, rimanderò la mia partenza. Forse potresti partire con me anche tu». Ne provava vergogna e pena. «Va bene» ella disse. Egli si avvicinò per baciarla. E si rimproverava di essere stato debole. Incontrò gli occhi di lei, sottomessi e pieni di odio.

CINEMA

«Truccarle le spalle e le braccia; e le ginocchia; e i piedi. Deve posare nel fondo del quadro. Si deve vedere sfumata»: così disse il Direttore schiacciando le *erre* e le *esse*, come era solito quando gli pareva di aver trovato qualcosa di molto artistico ed era soddisfatto di se stesso. Tutto all'intorno diventò strano; la giornata s'era coperta, non faceva più caldo e la temperatura s'era abbassata. Le mie amiche si stringevano troppo attorno a me; si stringevano come a scuola, ed era proprio la stessa impressione dei gomiti aguzzi, dei fianchi magri; e dicevano: «Beata te. Ti hanno data una parte. Ti vedremo nel film. Che parole devi dire?». Mi pareva di non potermi più staccare da loro. Dissi: «Devo posare nuda». Esse si misero in gruppo, appoggiata l'una all'altra, e mi guardavano ormai di lontano; stavo coi gomiti sulle ginocchia e il viso tra le mani, pensando soltanto che avevo freddo. Doveva essere la stessa impressione di quando ci si sposa. Anche mia madre, da una parte, stava seria e aveva l'aria d'essere colpevole. La gente intorno, in costume Secondo Impero, mi pare, andava su e giù accalcata dal belletto e parlava animatamente. Il trovarobe, il segretario, l'aiutante, mi guardavano sorridendo: pensavano a me come si pensa a una sposina nuova. Aspettavano di vedermi come a uno spettacolo. Non potevo più fuggire, per quanto fosse l'unica cosa che pensavo. Mia madre mi guardava ora severamente.

Ero triste, abbandonata da tutti, nessuno mi poteva più dare aiuto.

Il Direttore aveva lasciata aperta la porta del suo camerino, ed era curioso che io sentivo nitidamente le parole che egli diceva all'operatore, con le *esse* e le *erre* smorzate, forse per non farmi male: «Si deve vedere la ragazza nuda, nel fondo, di profilo. Ma piuttosto sfocata. Bisogna velarla con un riflettore. Il pubblico aspetterà che il quadro si avvicini per vederla meglio, e noi non gliela faremo vedere, a quei porci. Ma intanto otterremo il brivido». Alla parola porci tutti si misero a ridere e a grugnire. Il Direttore sorrideva succhiando la sigaretta di bachelite profumata al mentolo, e mi guardava. Io sentivo le sue parole come se si stampassero su una parte tenera di me, sul mio petto, con un'impressione fuggevole e lunga. Mi bruciavano le guance. Qua e là qualcuno rideva rumorosamente, e credevo ridesse di me. Gli uomini coi baffi finti parevano animali; le donne impiastricciate dal belletto avevano l'aria di aver fatto una scorpacciata e di esserne rimaste segnate e malate. Io sentivo di avere un corpo sottile, freddo, e che non fosse più mio. Mi avvicinai al Direttore sentendo che gli potevo parlare perché mi aveva scelta, ed era già il mio padrone, era l'uomo, e mi poteva intendere: «Che parole devo dire, signor Direttore?». Lo guardai intensamente negli occhi freddi e ironici.

«Nulla, piccina mia; tu devi parlare con la grazia dei tuoi sedici anni» e mi guardò come si guarda un mobile. Neanche lui mi voleva bene. Sempre schiacciando le *erre* e le *esse*, per non farmi male, egli proseguì spiegando: «La protagonista, la Reseda, è innamorata d'un pittore. Mentre tu posi nello studio di questo pittore, ella entra e ha un dialogo. Tu posi nel fondo».

«E il pittore non mi ama?».

«Il pittore ama la Reseda» mi rispose come se queste cose fossero troppo importanti per me.

«Signor Direttore, fate in modo che mi ami un poco, che si veda che mi ha voluto bene. È molto triste, signor Direttore, far la figura del terzo incomodo. Non è bello non essere amata, nelle mie condizioni, signor Direttore. Non sono una statua. Sono una donna anch'io. Mi basta una sola frase, una sola parola». Lo pregavo ardentemente, come se mi avesse potuto soffiare sulle labbra le parole che avrebbero fatto di me una donna. Egli si prese gioco del mio parlare ricalcando la smorfia delle mie labbra: «Tutù, titì, tatà».

«Che t'ha detto?» mi chiesero le mie amiche quando tornai al mio posto, e nuovamente mi persi in quella confusione di braccia magre, di gomiti aguzzi, di ventri piatti, come ero io. Mentre mi truccavano pensavo alla Reseda: ella non avrebbe mai permesso che il suo pittore amasse anche me un poco. Voleva tutto per lei, naturalmente. Così fanno le dive. Il truccatore era un uomo grasso con un viso da luna e due baffetti ricciuti; mi truccava con una certa bruschezza, come quando lavano il viso ai bambini: «Non ve ne potreste stare a casa vostra? Non avete nessuno che vi voglia bene?» mi chiese. Mi aveva fatto le guance color fiamma, e tra le ciglia rapprese i miei occhi brillavano troppo: parevo ubbriaca e molto più avanti negli anni. Sembravo un'altra a me stessa, e d'un tratto mi sentii ilare e piena di coraggio. Il truccatore cercò qualcosa per coprirmi, di pessimo umore. Io dissi che avevo un pastrano. «Macché pastrano. Nuda sotto un pastrano!». Frugava grattandosi la testa. Poi trovò un accappatoio; ma neppur questo gli pareva adatto. Con quell'accappatoio mi pareva di nascondere qualcosa di luminoso e di ricco: capivo tutto straordinariamente. Il truccatore grasso mi guardò uscire. Avevo i capelli sciolti umidi e vivi. Non c'era nessuno nei corridoi: certo erano in teatro ad aspettare.

Stavo seduta dietro la scena, e in quel momento sentii che la Reseda entrava in teatro. Sapevo come si comportava: voleva essere interessante sempre, appena compariva. Il Direttore, perché lavorasse di buon umore, la chiamava Divina e Stella; ella si metteva solitamente a bambineggiare, come faceva davanti all'obiettivo quando non sapeva interpretare una battuta; allora il Direttore la riprendeva senza darsene l'aria; ma quando era fuori di scena, e faceva quella vocina e quelle manierine, egli ne provava un grande fastidio; tuttavia le sorrideva mostrando d'esserne incantato. A volte, quando ella non riusciva a interessare con la sua aria da bambina, si metteva a raccontare i propri sogni, ed erano in genere sogni osceni; gli uomini attorno ridevano, ridevano gli operai, ma poi la guardavano male. Oggi invece stavano tutti seri. Credo che se anche fosse svenuta, come faceva alle volte quando voleva interessare, non avrebbe ottenuto nessun effetto (tutti si precipitavano su di lei; il Direttore la prendeva tra le braccia e la deponeva sul divano del suo camerino; poco dopo ella tornava tranquilla come una bambina che ha dormito); invece questa volta, quando ebbe domandato con la sua aria assonnata: «Che cosa è successo?» e le dissero di che si trattava, le sue mani ossute e volontarie lasciarono cadere i lembi della veste che portava sollevata per non sciuparla, o per darsi l'aria ingenua, e si mise a sedere pensierosa.

Se la Reseda avesse saputo come tremavo, come avevo freddo, e che mi prendeva una specie di nausea, sarebbe stata più buona. Era divenuta triste. Io vedevo nel mezzo della scena la sedia sulla predella dove sarei salita per posare, e nel fondo tutti quegli uomini, tutte quelle donne. Il Direttore ordinò che chi non aveva da fare con la scena uscisse; nessuno si mosse. Risonò un fischietto; mi liberai dell'accappatoio e salii sulla predella. «È proprio una bambina» mormorò una voce di là dal barbaglio del riflettore che si accese friggendo. Era la voce della Reseda. L'operaio aveva acceso il riflettore per scaldarmi, ma il raggio di quella luce caldissima mi toccava soltanto le spalle. Io disposi i capelli in modo che mi coprissero. Tutto diventò morbido, lontano, felpato; c'era un silenzio da malattia. Il Direttore, di cui sentivo la voce senza distinguere le parole, aveva una voce grave da mattinata d'inverno. «Hai troppo caldo, piccina?». Mi guardò di sopra a quella lama splendente. «No, sto bene» risposi. Non c'era più la folla che avevo veduto nel fondo; la sentivo mormorare di là dalla scena, come si sentono le voci quando si è malati, di là da una porta. Sporgendo la testa, vedevo l'operaio che mangiava un pezzo di pane, seduto sull'impalcatura, e mi guardava serio masticando. Era un giovane operaio. Aveva l'aria di farmi un rimprovero. La voce del Direttore, «Illumina tutto» gridò. L'operaio mi spalancò tutta la luce addosso, e mi sentii come una farfalla presa nell'alone d'una lampada. Allora cominciarono le parole tra la Reseda e il pittore.

Le voci salirono come un canto triste e dolce, alternate, uomo e donna; io li guardavo come guardano le statue. A ogni interruzione, l'operaio abbassava la lampada e lasciava appena un raggio per scaldarmi le spalle. Pareva mi tenesse addosso una mano per proteggermi. Io chinavo gli occhi davanti a lui, fino a quando, terminata la scena, spense del tutto, senza aspettare l'ordine, e mi lasciò nella penombra fredda e greve. Cercavo ancora abbagliata il mio accappatoio, e a un tratto sentii sulle mie spalle un mantello morbido e caldo, e la voce della Reseda: «Vieni con me». Mi teneva un braccio sulla spalla e mi portò fuori. Fuori della scena, la gente aspettava e mi vide passare come una malata. Le donne erano sedute in gruppo su un tavolo lungo, e tenevano rimboccate le vesti lunghe per non sciuparle, al modo delle contadine; gli uomini discorrevano seri. L'operaio era sceso dall'impalcatura e mi guardò senza espressione.

«Còricati» mi disse la Reseda facendomi sdraiare sul suo divano nel suo camerino. Mi coprì con una coperta morbida, e siccome battevo i denti mi diede da bere un liquore caldo. Io seguitavo a essere scossa dai brividi sotto la coperta. La Reseda non diceva una parola. Si sedette davanti allo specchio e si guardava stringendosi la testa fra le mani. Poi mi aiutò a vestirmi, e all'uscita mi congedò come se non ci fossimo mai conosciute.

Sola, su una sedia, nel corridoio, coi gomiti puntati sulle ginocchia, avevo freddo, e pensavo: "Duecento lire". La gente passava quasi in punta di piedi. Non mi guardavano, come se avessi fatto male la mia parte: tutti erano stanchi, tristi e pensierosi. Il Direttore si mise a battere le mani: «Via, via, sbrigarsi. Che è successo? È morto qualcuno?». Un segretario irritato cominciò a inveire. Poi si fermò davanti a me dicendo: «Tu hai finito? Vattene a casa, allora». Con mia madre non ci parlammo tutto il giorno, e la sera cominciò a rimproverarmi senza ragione.

VERTIGINE

Ella stessa non si sapeva spiegare come avesse fatto. Ma era andata così: che una signora s'era presentata alla sua porta e aveva chiesto di lei, della signora Brunilde Rommi. Ella, la signora Brunilde Rommi, era andata ad aprire senza sospetto, credendo fosse il garzone del lattaio o del panettiere (non sapeva, veramente, quale dei due scriveva presso lo stipite della porta: "rospi", o disegni di cui non si capiva il senso; ella dava così poche mance). Fino a questo momento la sua vita era stata tranquilla, per quanto povera. Tranquilla. Il garzone del panettiere portava, certe mattine, per il peso giusto, un pezzo di focaccia croccante, coi grani grossi del sale sulla crosta oleosa, ed ella la cavava subito dal cartoccio e l'addentava guardando la sua casa nella luce mattutina. (No, non doveva essere il garzone del panettiere a scrivere sul muro parole e disegni). Dunque, era tranquilla. Ed era contenta di quella casa enorme dove abitava, si sentiva protetta dal fatto che cinquanta famiglie vi abitassero, che ci fossero molti bambini, con quel senso solidale che si prova viaggiando per mare, in un bastimento carico di gente, dove il numero, e tanti diversi complessi familiari, danno la certezza di superare le tempeste con l'aiuto della Provvidenza.

Ma andando ad aprire, col senso vago che la scampanellata fosse di mano sconosciuta, forse il conto del gas, ella si trovò di fronte a una signora che le parve molto elegante e che sulle prime la sbigottì. Non aveva fatto in tempo a togliersi il grembiule. La signora, standò fuori della porta, chiese della signora Brunilde Rommi. Aveva un viso chiuso, liscio, ordinato come se fosse dipinto su una miniatura. E indossava un vestito... Comunque fosse, sembrava che non una donna si fosse presentata, ma un personaggio in costume, come appaiono in costume le signore eleganti capitate in un paese, o in un quartiere povero, dove la vita è quella di cinquant'anni fa, e chi vede uno di questi eleganti abiti moderni li guarda come travestimenti, pieni di particolari strani su cui la fantasia si attarda senza riuscire a capirne il senso. La signora Brunilde aveva ormai aperta la porta. La sconosciuta mosse le labbra strette, ingrandite da una linea di rossetto a cuore che le dava un'espressione puerile, forse quella d'un ragazzo che si sia macchiato mangiando ciliege: «Vorrei parlare con la signora Brunilde Rommi».

Ed ecco che la signora Rommi, in grembiule, rispose, prima che lo pensasse, con una menzogna:

«La mia signora è assente. Voi parlate con la cameriera».

A questo punto la signora Brunilde avrebbe potuto tacere. Ma messasi su questa strada, sentiva la sua voce quasi fosse d'un'altra persona, e come se parlasse di se stessa assente in qualche luogo piacevole e calmo, chissà dove. «La mia signora, oggi, è andata a colazione dalle sue sorelle che abitano presso San Pietro, e tornerà tardi. Probabilmente andrà a fare una passeggiata. La giornata è bella, le sue sorelle hanno una macchina. Se occorresse fare un'imbasciata ditela a me, e io riferirò alla signora. In giornate come queste, la mia signora torna molto tardi»; ecco che cosa disse, e si sentiva parlare di se stessa con un sentimento soave, pieno d'affetto e di protezione.

«Io vorrei» disse la visitatrice «informazioni su una cameriera che dice d'essere stata a servizio qui. Adele. Voi la conoscete?».

«Oh, conosco l'Adele» replicò la signora Brunilde, e in quel momento sentiva una specie di solidarietà da uguale verso quella donna che aveva fatto, in un periodo di disoccupazione, qualche giorno di mezzo servizio da lei. «Sì, perché noi, prima, eravamo due donne di servizio in questa casa. La mia signora ha due bambini, c'è il signore; e due donne ci vogliono. Tanto più che i bambini sono piccoli e inquieti. Oh, come sono birichini! Poi, si sa, la vita è divenuta difficile, tutti si restringono, in questo momento. Per quanto io so, l'Adele è una brava ragazza, fidata. Del resto, voi potete telefonare alla signora mia, se volete sapere qualcosa direttamente da lei, senza rifare la strada a rischio di non trovarla».

Così dicendo, ella scrisse su un pezzo di carta un numero, mentre si meravigliava di questo potere di simulazione, e di come nella sua fantasia fossero nati due bambini graziosi e birichini e un numero di telefono di sei cifre inventato facilmente di sana pianta. Poi, per seguitare quel piacevole discorso, mentre la visitatrice scendeva le scale, ella aggiunse:

«Soltanto che l'Adele è sempre innamorata. Questo è il suo difetto».

Era contenta della figura fatta, e di aver dato un contegno al suo nome e alla sua persona: una giornata in piazza San Pietro, col sole che sull'ombra dei Borghi penetrava come in un paese diverso, tra la frescura delle fontane il cui mormorio si mescolava allo scalpiccio dei passanti, al fruscio delle carrozze, allo stridore delle friggitorie. Ma nello stesso tempo l'assalì una vaga stanchezza, uno scontento, una specie di rimorso. Perché s'era comportata a quel modo? Perché aveva mentito? Pensava che non avrebbe mai più riveduto quella donna in una città tanto grande, e siccome colei pareva una signora molto elegante, le sarebbe rimasta nella memoria quella famiglia con due bambini, una signora che ha le sorelle in piazza San Pietro, tutti contenti e tranquilli. Ma un senso di vuoto non poteva ricacciarlo; era divenuta triste, e tutta la stanchezza della sua vita giovane, che pure era stata tanti giorni tranquilla, piena di fiducia e di speranza, le pesò improvvisamente addosso. Al confronto della realtà che s'era inventata, c'era quella vera che le pareva di vedere ora per la prima volta. Fino a quel momento tutto era stato naturale e quasi fatale nella sua vita, per quanto figli non ne aveva avuti; il marito giovane e pieno di speranza, ma con molta strada da fare; ed ella aspettava il tempo migliore come si aspettano gli anni, senza fretta, senza accorgersene.

Ma ora, dopo aver inventato tutte queste cose, si sentì per la prima volta infelice. Era un'inquietudine che ella non riusciva a spiegarsi, mai provata prima e neppure sospettata, come se avesse visitato un paese strano, vissuto in un ambiente diverso, e si adattasse male a questo. Non aveva mai avuto il sospetto che ella potesse guardare le sue cose care, la casa, i mobili, come giocattoli d'una vita anteriore, riveduti dopo molti anni di assenza, inganni d'un tempo tramontato per sempre. Aveva rasentato assai spesso tante donne come quella sconosciuta, ma con l'indifferenza con cui si guardano le stelle pensando alle cose lontane e infinite cui la nostra fantasia non può spingersi. Ma ora si era veduto vicino il viso di colei, ricordava esattamente la piega delle labbra, gli occhi limpidi di animale, sazi, senza pensieri né rimorsi. Quegli occhi l'avevano guardata attentamente, come gli adulti guar-

dano i ragazzi, col senso di conoscere un segreto inco-
municabile e che ognuno deve scoprire da sé.

Fu un momento d'infelicità, di quelle che colpi-
scono tanto spesso le donne, inesplicabili e inconfes-
sabili. Il giorno dopo ella ritrovò gli aspetti familiari,
gli oggetti di cui conosceva i segreti, il ferro da stiro
che sulla biancheria umida fa per tutta l'umanità lo
stesso odore umano, l'innocente rozzezza e ingegno-
sa fatica degli utensili familiari. Ebbe un momento di
tenerezza come se avesse tradito qualcuno. La figura
della visitatrice le si affacciava vagamente nella memoria, ed ella vi pensava ormai sorridendo come d'una
burla. E i bambini, e il numero di telefono; tutto inventato. Le sarebbe piaciuto di sapere chi aveva risposto
di là dall'altro capo del filo. Di fronte, il sole illuminava le bugnature che correvano frastagliate a segna-
re l'angolo della casa: ella conosceva le ombre che vi
si addensavano d'ora in ora, fino a quando gittavano
un'ombra grande, ed era la sera, e ricordavano l'ombra che i monti disegnavano al tramonto sulla campagna. Fra poco avrebbe udito più forti gli strilli delle
rondini, e la sera sarebbe stata fresca e vasta, col cre-
pitio del tramonto di brace dietro gli alberi.

Mentre ella stava così, gustando vagamente l'ora
come un ricordo o come un presentimento, poiché era
ancora giovane e visitata dalle impressioni dell'infanzia, sentì salire dal cortile una voce che le pareva di
riconoscere. La casa dove abitava da cinque anni faceva ormai parte di lei stessa; ella sentiva se chi cammi-
nava per le scale cercasse di lei, sentiva che qualcuno
si fermava alla sua porta, prima che mettesse la mano
sul campanello, quasi che la porta fosse un timpano
del suo orecchio. E sentiva, forse dall'aggruppamen-
to delle parole, forse da un senso simile a quello degli
animali domestici, se si parlasse di lei, solo a udire le

voci vaghe giù nel cortile. Sull'armonia conosciuta delle voci quotidiane che ella aveva in mente secondo le ore, e che formava il ritmo musicale della sua giornata, ella sentiva stamparsi le voci insolite, con l'impressione d'un arrivo, d'una sorpresa, di qualcuno che viene di lontano a cercarvi, con speranza e timore insieme. E spesso non era che l'agente delle tasse o della luce elettrica. Si ricordò questa volta della visitatrice di quel giorno, e fu certa che quella voce fosse la sua. Ne ebbe paura, avrebbe voluto scomparire, come se dovesse rispondere di qualche delitto. Stando con l'orecchio alla finestra, senza sporgersi per non essere veduta, ella sentiva chiare le seguenti parole.

«La troverete di certo: non esce quasi mai» diceva la voce che ella conosceva bene, la voce del portiere.

«Veramente l'altra volta era fuori tutta la giornata. Era andata dalle sue sorelle in piazza San Pietro» replicò l'altra voce, della sconosciuta.

Seguì una risatina compassionevole, la risatina del portiere, di quell'uomo piccolo e tondo che stava sempre col cappello in testa presso la porta, come se volesse parere estraneo al fabbricato.

«Così mi disse la sua cameriera» replicò la voce di donna.

«La sua cameriera? Ma non ha mai avuto una cameriera» ribatté la voce del portiere.

«Ho anche provato a telefonare...» aggiunse la voce della signora.

Questa volta il portiere rise più forte: «Telefonare? Non ha mai avuto un telefono. A ogni modo, andate di sopra. La troverete sicuramente».

Ecco il tonfo dei passi per la lunga scala.

"Ma che vogliono da me?" pensava Brunilde. "Che cosa vogliono, che cosa ho fatto, perché parlino di me a questa maniera". Non aveva mai sentito parlare di sé, e ora sapeva come ne parlavano. Era stata sempre tutt'altra cosa da quello che aveva immaginato: ella, la signora, la padrona, la donna del suo uomo, Brunilde, la persona più cara per lei stessa. "Come sono cattivi... cattivi. Perché mi cercano a questa maniera? Perché s'interessano dei fatti miei? Perché non mi lasciano in pace?". I passi salivano. Ella udiva chiaramente dietro la porta il passo stracco sul centoventunesimo scalino. Fra poco avrebbero suonato il campanello. Ecco lo squillo. Ella si presenta sulla porta. Indossava il solito grembiule. Si face avanti, e disse:

«La mia signora è fuori coi bambini, e cena in campagna, questa sera. La mia signora cura molto la salute dei suoi bambini, e il suo ideale è di vivere in campagna, sempre sempre. La mia signora ha una casetta in campagna, piccina e modesta, e ci va qualche volta. Per quanto suo marito abbia tanto da fare».

Diceva queste parole piano e dolcemente, come se volesse far piacere alla sua visitatrice, e la invitasse a un gioco fanciullesco, quello delle bimbe che giocano ai grandi. Le sarebbe stata grata se ella avesse accettato queste cose, se avesse voluto credere. E mentre parlava e seguiva gli occhi della visitatrice che si posavano sul tappetino sfilacciato davanti alla porta, penetravano nell'ingresso squallido, ma tanto pulito, scopriva per la prima volta, sulla guida di quegli sguardi, la povertà di quel luogo, come se lo vedesse per la prima volta tornando da un lungo viaggio; allo stesso modo dei ragazzi i quali, dopo aver mentito raccontando del loro paese cose strane e mirabili, ai compagni di qualche città dove sono andati a studiare, tornano al loro paese e lo trovano dolorosamente povero e triste.

La visitatrice le piantò gli occhi in faccia, e cominciò con una voce esile e infinitamente dolce:

«Difatti ho provato a telefonare, e...».

Brunilde aspettava quello che la forestiera avrebbe detto, a testa bassa, con due occhi supplichevoli.

«Ho provato, e non rispondeva nessuno».

«Ah, signora...» cominciò Brunilde con immensa gratitudine.

Ma il viso della visitatrice si fece pallido di sotto il belletto, mentre le labbra sottili e affilate dicevano:

«Bugiarda! Siete una bugiarda!».

Ella tentò debolmente una resistenza:

«Non mi credete, signora?».

«Siete una bugiarda. Siete una stupida, una sciocca. Miserabile straccciona. Prendermi per una stupida. Ah!». Fece per avviarsi, volgendole le spalle senza guardarla. E mentre Brunilde stava chiudendo la porta, pensando al minuto seguente come a una liberazione, la visitatrice si volse, ed esclamò con voce ironica e cattiva:

«Se permettete, tornerò qualche altra volta a chiedere informazioni alla vostra signora: la cosa mi diverte e mi appassiona. È uno spasso. Buon giorno, signora, arrivederci. E divertitevi nelle vostre passeggiate in campagna».

Era cattiva, cattiva. Brunilde si addossò alla finestra, e vedeva le rondini salire e scendere pel cielo come punti neri. Un voce forte salì dal cortile, la voce del portiere, e diceva:

«Avete veduto? Che cameriera volete che abbia quella donna; che casa in campagna; che telefono...». La voce si perse. L'altra, quella della visitatrice, rispose qualcosa di indistinto, ma che si capiva cattivo.

Cattivi. Perché c'era tanta cattiveria nel mondo? E perché ella aveva mentito? Pareva a Brunilde di non aver mai capito la vita prima di questo momento; aveva l'impressione d'essere salita su una ribalta, di essere uscita dalla profondità del quartiere popolare, e che improvvisamente tutti parlassero di lei. E come ne parlavano? "Quella donna... una bugiarda... stupida, sfrontata, sciocca". La città si restringeva nella sua fantasia. Un tempo, girare per la città le dava il piacere d'essere una sconosciuta. La sera, all'ora della passeggiata, quando indossava qualcosa di nuovo, un cappello, una piuma, una fibbia, una cintura, era contenta di sfilare per le vie del centro insieme con la gente accorsa da tutte le parti, ammirata della sua stessa complessità e confusione, col senso di tanti segreti umani portati a passeggio in una vicenda uniforme, ognuno con la sua famiglia, il suo uomo, la sua casa. E ripensava alla sua casa, nel quartiere profondo, di dove alla stessa ora, da tutte le parti, le donne svicolavano come su praticabili di teatro, col vago piacere di presentarsi a una ribalta, e con un sentimento assai simile all'orgoglio, di mescolarsi a una città che dal suo centro faceva salire al cielo il suo rombo e la sua confusione. Lo stesso vestito che esse indossavano era una specie di uniforme. Erano tutte come spettatrici entusiaste che formavano a loro volta l'oggetto d'uno spettacolo. Spesso ella aveva veduto ricche tolette, gioielli splendidi, e il lusso rifletersi pallidamente, dalle vetrine illuminate, sul viso delle donne chine. E reclinata sulla lastra di cristallo, era contenta di poter prendere lo stesso atteggiamento. E quando parlava dei vestiti, della bellezza, della ricchezza, lo faceva come se decantasse tutte queste cose, come le piazze, i giardini, i monumenti delle città.

E ora la prendevano altri pensieri. Il fatto di avere una nemica chissà dove, che certo parlava di lei nel giro delle sue amiche, le dava un'improvvisa importanza e dei doveri. Quali fossero questi doveri non lo sapeva bene. Era come esser cresciuta improvvisamente, con la vergogna assai comune negli uomini giovani, di atti e parole compiuti e detti in un'adolescenza inesperta e fantastica, vanterie stupide, menzogne ingenue e vergognose, di cui ci si accorge all'improvviso come se all'improvviso si scoprisse la propria posizione nel mondo. Era un sentimento sgradevole, e non privo di rimpianto per la perdita d'una innocenza e felicità non più recuperabili. E ora ella aspettava che cosa dovesse succedere: forse l'avrebbero scoperta e inseguita per istrada.

Forse quel fatto che le pareva tanto importante e che le tornò alla mente per alcuni giorni, sarebbe dileguato appunto come una brutta giornata dell'adolescenza con le sue cattiverie, quando l'essere è dominato dal demone della finzione, della menzogna e della crudeltà. E invece pensò la sconosciuta a inacerbire il ricordo. Su un foglio di carta duro e profumato, d'un vago colore rosa livido come lo smalto delle sue unghie, ella scrisse una lettera a Brunilde: seguitava a schernirla, con una scrittura acuminata, ricordandole il loro incontro, le sue sorelle, la sua casa di campagna, le sue passeggiate, i suoi figlioli, tanto birichini. Tutta roba inesistente, perfino i figlioli. Le diceva che sperava di incontrarla qualche volta, e se non l'avesse incontrata si sarebbe fatta viva lei in qualche modo, «perché voglio conoscere intimamente un così bel donnino». Era peccato, aggiungeva la lettera, che ella non avesse davvero un telefono, «per scambiare quattro chiacchiere e fare qualche volta una passeggiata in campagna».

Basta poco per aprire gli occhi alla verità. Parve a Brunilde che la città fosse mutata improvvisamente, come muta una stagione. Così era mutata lei stessa. Ora non pensava più a quella città e a quell'umanità con lo stesso sentimento di infinito con cui si guardano le foglie degli alberi, ma come a una folla nemica, fra cui una persona si sarebbe potuta fare strada gridando: «Eccola, eccola la sfrontata, la bugiarda, la miserabile». E si sentiva piena d'un odio verso tutti, che le pareva dovesse incenerirla.

Cominciò col portare a casa gli oggetti più diversi, dicendo di averli trovati in autobus, o di averli comperati d'occasione, per pochi soldi, in vendite fallimentari. Erano oggetti lussuosi, di toletta, gioielli, scarpe, vestiti. Poi, alla stessa maniera, per caso come ella diceva, per un incontro fortunato, che ella tuttavia raccontava confusamente, trovò un socio per il marito, un uomo serio che disponeva di grandi capitali e con cui il marito fondò una prospera industria. Cambiò casa, ebbe un salotto, ebbe amiche con cui parlava di vestiti e di gioielli, guardando insieme, per istrada, il vestito e il cappello di chi passava. Mutò viso e colore di capelli. Guardandosi nello specchio, non riconosceva più la donna di prima. Non provava, però, nessuna specie di rimorso. Nessuno aveva mai saputo di quali mezzi s'era servita, ed ella stessa pareva averlo dimenticato. A ogni modo, non ci voleva pensare. E del resto, nessuno di coloro che frequentava sapeva di dove venisse.

Una sera, salendo le scale di casa, urtò quasi contro una persona che scendeva. L'altra si fermò, aprì la bocca per parlare, la guardò dalla testa ai piedi. Era la sconosciuta. Rideva, ma non come una volta. Mancava qualcosa nella fila dei suoi denti. Brunilde l'invitò bruscamente a seguirla. Era una sera di festa, e non c'era nessuno in casa.

«Sono proprio io» disse Brunilde chiudendosi la porta dietro le spalle. «Vi ritrovo sulla mia strada. Da un pezzo non avevo più vostre notizie. Per la verità avevo sempre aspettato d'incontrarvi. Ero sicura, però, che ci saremmo rivedute».

La sconosciuta sedette tranquillamente su una poltrona e accese una sigaretta. Siccome si guardava intorno, Brunilde disse:

«Sì, tutto questo è mio, quanto vedete intorno».

«Me ne rallegro» fece l'altra soffiando una boccata di fumo, col fare che si ritrova assai spesso in certe donne che fumano accanitamente, d'un vizio alimentato con disperazione, come se non avessero altro nella vita. «Anch'io mi sono ricordata spesso di voi. Non so perché, non mi siete mai uscita dalla memoria, e m'interessava sapere come sareste andata a finire. E così avete fatto fortuna, non è vero?».

«Sì, ho fatto fortuna. E voi, che cosa intendete fare, adesso?».

«In che senso?» chiese la sconosciuta.

«Domando se vi troverò ancora sulla mia strada. Voi m'avete cercata, a quanto pare».

«Capisco. Siete preoccupata che io parli, non è vero?».

«Già, non mi farebbe nessun piacere che voi riappariste nella mia vita».

«Oh,» fece la sconosciuta cercandosi tra le labbra un filo di tabacco «non sono più come una volta. È facile offendermi, ora. Ho cambiato idee. Ho pensato a voi, sapete? Come mentivate! Io dissi che certo avreste fatta molta strada con quella capacità di menzogna. E non vi accorgevate neppure di mentire. Ebbi rimorso di avervi fatto del male. E una volta ve lo avrei voluto dire. Vi cercai, anzi; ma mi dissero che avevate sloggiato. Soltanto da poco ho saputo che abitate qui».

«Ebbi le vostre lettere» disse Brunilde. «Avevo paura di voi. Vi ho odiata come la mia nemica. E nello stesso tempo desideravo che voi mi rivedeste. Voi capite che eravate molto importante per me. Siete stata il personaggio più importante della mia vita».

«Avete vinto voi. Ma avete fatto presto. Siete ancora giovane e bella».

«Lo sapete che ormai queste cose non mi servono più a niente».

«Via, via... non esagerate».

«Sono molto stanca» disse Brunilde. Si guardò nello specchio mentre vi passava davanti. Aggiunse come parlando a se stessa: «Molto stanca. E voi, che cosa fate ora? Siete sempre felice?».

«No. Voi sapete come si è quando ci si sente felici. Si umiliano facilmente le persone. Si vorrebbe essere tutto, l'aria che si respira e la luce che ci riscalda. È gelosia. La gelosia di tutto. Tante donne giovani e felici sono così. Che spaventosa inimicizia. Si spiano fra di loro, spiano le sconosciute, per vedere il primo segno di stanchezza o di vecchiaia o di povertà. È terribile. E siccome presto o tardi ci si càde tutte...».

S'interruppe. Si sdraiò meglio accavallando le gambe, e accese un'altra sigaretta.

«Eccomi» aggiunse. «Io, come mi vedete, ci sono caduta». Si mise a piangere cocentemente, con grosse lacrime che, scendendole per le guance e pel naso, sembravano scottarle la pelle arrossandola. «Mi dovevo mostrare, e il mio piacere consisteva tutto nel mostrarmi la sera, nella grande passeggiata mondana, seduta al caffè. Sentivo tutto intorno le chiacchiere di gente come me: "La Tale, la Talaltra, Dio come è sciupata, come si è fatta brutta, come è vestita male". Perché mi dovevo mostrare? Non m'interessavano che le amiche, le rivali, le sconosciute; anche delle sconosciute conoscevo il nome, sapevo tutto di loro, come esse sapevano tutto di me. Non si ha la forza per altro, quando si è presi da quel demone; non si ha neppure la forza di amare. E pensavo tutta la giornata a quell'ora, e la preparavo. Pensavo come mi sarei presentata, quale abito avrei indossato, quale cappello, che scarpe, che gioielli. Voi non sapete che palcoscenico di teatro è quel marciapiede. I commenti che sentivo intorno a me sulle altre non mi davano pace. "Uh, com'è grassa!, oh, com'è dimagrita!, ih, come sta sciupata". Mi svegliavo la notte con l'incubo di aver sognato che andavo vestita da povera fra quelle persone. Trascinavo con me il mio uomo. Non era il mio uomo. Era un uomo che io mi tiravo dietro aspettando di raggiungerne un altro più ricco e più potente. Un giorno egli non ebbe più denaro. Aveva speso tutto dietro ai miei vestiti, uno la settimana, e i cappelli, e i gioielli. Dovetti tollerarlo anche povero, perché era il mio complice. Uscivamo ancora, vergognosamente, perché non potevo abbandonare quel palcoscenico tremendo, volgendo gli occhi alle fortune che passavano, alle felicità ancora vigorose, sorridendo come i cortigiani, facendo di tutto per essere notati. Facemmo in tempo a separarci, ognuno dietro un'altra persona come noi. E ricominciammo il gioco. Pensavo spesso a voi, come vi avevo veduta la prima volta, e vi avrei voluto chiedere perdono. Ma non vi trovai più. V'immaginavo felice. E invece, avete fatto il mio stesso viso. I miei stessi occhi. Se mi metto accanto a voi davanti allo specchio, c'è da confonderci. Tutte finiamo col rassomigliarci, quando si è come noi. Sono una disgraziata, non è vero?».

«Sì» disse Brunilde tranquillamente.

«Incapaci di voler bene, incapaci di perdonare, incapaci di guardare la gente senza giudicarla male. A mano a mano si acquista una ripugnanza dell'umanità. Non avete anche voi lo stomaco delicato? Voglio dire, la nausea degli altri?».

«Sì» disse Brunilde.

«Anch'io ero come eravate voi allora. Guardate, ci si confonde».

«Fareste bene a uscire di qua. O vi faccio metter fuori».

«Non c'è nessuno in casa. Siamo sole io e voi. Del resto, non crediate che mi sia annoiata a seguire la vostra vita. Siete stata precisa ed esatta. Dovrei essere la vostra migliore amica. So come avete eseguita la vostra opera. Salendo dal più piccolo al più potente. Io sono la sola persona con cui voi potete parlare e confidarvi. Confessate che quel primo giovinotto che avete incontrato, e che avete subito spiantato, era interessante. Quasi quasi lo avreste amato. Ma l'ultimo, il più ricco; che roba, non è vero?».

«Basta!».

«E arrivata alla fortuna, avete ricominciato daccapo. Cioè avete invertite le parti. Vi siete messa a proteggere e ad aiutare un giovane povero. Quando si prende l'abitudine di lavorare per gli uomini... Ed è così bello ricominciare, risalire le scale di uno che abita in alto, centoventi scalini, una stanza squallida, e della biancheria povera... Il fascino della biancheria povera, e un certo odore della povertà... nelle nostre condizioni non si dimentica mai. E voi fingete d'essere povera, anche voi, per non metterlo in soggezione? E di poterlo aiutare un poco, ogni tanto, non è vero? Ma egli sa chi siete e vi tollera. Però vi tradisce con una giovane donna povera come lui, che ama, e che sposerà».

La sconosciuta si trovava accanto a Brunilde, presso lo specchio. Quasi, nell'ombra, si confondevano. Fu a questo punto che Brunilde le si avventò contro, nel buio, confondendosi del tutto con lei. La sera stessa, i servi trovarono Brunilde soffocata, sul tappeto. Non c'era traccia che qualcuno fosse penetrato nella stanza. Perciò pensarono a un gesto di follia. Nel portacenere furono trovate le cicche di due sigarette. Fatto l'esame delle impronte digitali, esse corrispondevano a quelle di Brunilde. Il portiere, interrogato, dichiarò che non aveva veduto nessuno salire o scendere le scale per tutta la sera precedente.

ELEGIA PER MAGDA

La sala era piena di gente. Era un convegno annuale di congedo prima delle vacanze. Alcune signore che si erano presentate senza il loro amante, noto a tutti, parevano abbandonate e davano una idea di disordine; e quelle che si conoscevano abbandonate, si trovavano a parlare tra di loro come se complottassero. Alcune giovani donne, ridotte in un angolo come per difendersi, ascoltavano la voce dell'uomo accaldate, nella confusione e nel chiacchiericcio che arrivava fino sul pianerottolo e per le scale, con un'impressione di inutilità piena di accanimento. Silverio entrò, e trovò subito qualcuno che lo cercava con zelo, poiché una signora che non conosceva desiderava parlargli. E subito, con quella rapida complicità che gli uomini hanno favorendo i primi incontri, egli si era trovato di fronte a lei, mentre un gruppo di signore osservavano con gli sguardi delle escluse quel colloquio che si faceva subito animato.

Ella gli disse: «Lei conobbe mia sorella Magda. Magda me ne parlava spesso, e tanto che m'è sempre parso ci conoscessimo. Benché allora io fossi una ragazzina».

Fissando gli occhi su di lei, ora egli la riconosceva, e quella figura quasi dimenticata, travolta ancora giovane dalla morte, gli apparve come gli anni perduti. C'erano in lei alcuni tratti della sorella, benché ella fosse bionda e la sorella fosse stata bruna, tratti che pareva di dover afferrare, e proprio quelli che egli aveva dimenticato per ricordare soltanto un viso bruno, pallido, con due grandi occhi fermi, veduto attraverso un vetro appannato. E riconosceva ora nella sorella la stessa volontà di piacere, di lasciare il suo ricordo come la vibrazione d'uno strumento a corde che basta urtare perché in ogni angolo della sua cassa armonica echeggi la possibilità di tutti i suoi accordi. Ora che l'immagine di Magda era emersa dall'indistinto in cui era dimenticata, gli pareva di doverla risuscitare, darle vita, e parlando con questa presente, si rivolgeva a quell'ombra che riprendeva il suo volto, i suoi atteggiamenti, la sua inclinazione nel passo, e perfino l'ombratura del labbro superiore.

«Non la dimenticherò mai» disse, egli che per anni non se ne era quasi ricordato, ma ritrovandola intatta nella sua memoria. E si mise a raccontare di lei, dicendo il significato di quella vita come prima non lo aveva mai formulato né capito. «Quante volte l'ho aspettata!» egli disse, come se con questo volesse significare tutto il senso dei rapporti della vita. «Perché aveva una facoltà eccezionale, come nei racconti arabi, di tenervi sempre legato a quello che sarebbe seguito. E come nei racconti arabi, non c'era conclusione, la conclusione era sempre rimandata a dopo una nuova fantasia. Restava al fiore del racconto, allo sbocciare della vicenda, che è già tutto quello che accadrà, per cui non varrebbe la pena di concludere. Capivo molto bene che si trattava di un miraggio, che finita quell'ora non ci saremmo forse riveduti che dopo molto tempo. E sapevo quello che mi aspettava: sarei rimasto la sera, e poi la notte, nel sonno, sotto l'impressione d'un bene guadagnato e subito perduto, passando attraverso i gradi d'una ebbrezza notturna, un sonno dominato da un pensiero, e d'un risveglio senza amarezza. Ero esercitato a questo, e sapevo perciò che le donne con cui è possibile creare una innocua ed effervescente fantasia non sono frequenti».

Colei che gli stava di fronte (come si chiamava? egli la chiamava nella sua mente con un nome simile a Magda, un nome senza tempo, non più di moda, che la allontanava), colei disse levando gli occhi sorpresa:

«Davvero?». Aggiunse: «Era proprio come lei dice, Magda. Mia madre ci aveva abituate fin da piccole a quello che lei chiama racconti arabi. Ci aveva insegnato a piacere mettendo un po' di fantasia nella vita».

«Una innocua fantasia» egli ripeté, temendo che ella non avesse capito bene. Ma che cosa significava ormai per la memoria di Magda, avere avuto o no quelli che si chiamano rapporti? Che cosa significa ciò quando gli anni sono passati? I drammi che provocarono catastrofi nella vita, che cosa significano dopo la vita? Di là dagli anni, di là dal tempo, appaiono vicende di quella sola stagione che hanno gli uomini, gli animali, le piante. Senza dramma, senza dolore e senza scandalo, la storia degli uomini racconta indifferente quello che essi amarono e nascosero per tutta la loro esistenza. Nel caso di Magda, fino a quando era stata in vita, molti si erano affannati a conoscere quale fossero i suoi rapporti, se amasse qualcuno, e chi; tanto che la sua morte, violenta, aveva suscitato la diceria che fosse stata volontaria. Ma si disse subito che era impossibile, perché l'uomo che si diceva l'avesse provocata non godeva di molte simpatie. In genere, a noi non piacciono gli uomini per cui soffrono le donne che vagheggiamo. Scomparsa Magda, questo non era più un fatto da nascondere, e dopo tanti anni. Al contrario, ci si domandava se quella poveretta, morta giovane, avesse amato. E scoprendo quel suo amore, ne avremmo detto il nome, avremmo considerato l'uomo che detenesse quel segreto, gli avremmo trovato qualche qualità migliore.

Silverio si accorgeva ora di dover insistere, giacché la sorella aspettava di sapere, come quando si racconta di chi non è più quali furono le sue gioie nella vita, che cosa abbia strappato alla vita, di quei frutti proibiti e amari, ma maturi dopo, quando sono memoria. Silverio disse: «I nostri rapporti, con Magda, erano veramente e puramente fantastici».

La sua ascoltatrice ripeté quasi incredula: «Davvero?».

Egli si infervorò: «Quante volte l'ho aspettata agli angoli delle strade, nei viali dei parchi. Facevamo più volte il giro dell'isolato dove abitavate. Non so se in quel tempo amasse qualcuno». Si fermò, cercò di leggere negli occhi della sorella di Magda un segreto che egli aveva frugato inutilmente; si accorse che ella seguiva ora un'altra traccia. Seguitò: «In alcuni momenti ne ero sicuro. E come non poteva essere? Più volte nella mia vita sono passato nella luce di un amore che non era per me, ma che mi riscaldava meglio, forse, di quanto non riscaldasse il suo vero oggetto. Fino a quando non mi prendeva quel dispetto e quella rivolta che gli uomini conoscono. Ma con Magda, mai». Egli si accorgeva di parlare con la sorella di Magda. Diceva: «Sapeva serbare un mistero. Sapeva intrecciare i fili di un'avventura senza mai seguito. Vedersi la sera chiamandosi con una telefonata improvvisa, aspettandosi in un luogo poco frequentato, nascondersi, svicolare». Si ricordò repentinamente di averla una volta presa per il braccio, e di averlo sentito forte e pieno; gli era parso di capirla meglio. «Era forte» disse, e apparentemente fuor di proposito. «Forte». Seguitò: «In questi rapporti, si colgono soltanto i momenti di smarrimento. La perdevo di vista per settimane, e poi veniva un tempo che ci vedevamo tutte le sere. Ci dicemmo le ore in cui eravamo soliti uscire, per vedere se mai ci potessimo incontrare per caso. Ma questo non avvenne mai. Pure, dicevamo di esserci cercati nella città, a quelle ore e in quei luoghi. Volevamo mettere dalla parte nostra le occasioni, forse il destino. Non vi riuscimmo. Questo faceva parte proprio del suo spirito di avventura, poiché la vita le sembrava divenuta troppo semplice, senza fantasia».

«Sì, sì. Era così, lei» disse la sorella. «Siamo tutti un po' fantastici in casa. Io vedevo Magda alle volte vestirsi in fretta, dicendo che doveva incontrare Silverio. Lo diceva anche a mammà. Parlava spesso di lei». Ella lo fissò coi suoi occhi chiari, con dentro un pensiero che non gli avrebbe mai rilevato. Egli cercò di sollecitarlo, e seguitò:

«Fantastica, certo, era. Quando la vedevo, tornavo a casa pieno di suggestioni, tutto mi pareva possibile, e che non esistesse sulla mia strada nessuna impossibilità e nessun impedimento. Ora me ne rendo conto: mi parlava come una persona che rinunzi a percorrere la sua strada nella vita, o che sappia di non arrivare a farlo, e ne incoraggi altri, con quel sentimento preciso e senza riserve, quale lo può avere soltanto una donna. O un vecchio, uno che ha rinunziato a tutto e che ha compiuto quello che doveva compiere. Forse sapeva che doveva rinunziare. E forse perciò cercava un dramma di fatti e di sentimenti labili, sfuggenti, non espressi. I drammi di un'ora. E del resto, quello era un tempo curioso. Si aspettava chissà che cosa, una novità, nel mondo, che avrebbe fatto di noi, paurosi e sospettosi, uomini capaci d'una generosità e d'una passione, che ci avrebbe rivelati gli uni agli altri. Era la vigilia della guerra. Sono passati più di dieci anni».

La sorella di Magda distoglieva ora gli occhi da lui,

non era la persona che cercava. Egli concluse: «Ho conosciuto anche sua madre, fui a casa sua. Ebbi l'impressione che sua madre fosse più fantastica ancora, mi dava l'idea di una dama della corte di Vienna».

«Povera mamma!» ella disse. «Non vede più nessuno. È diventata sorda. Il giorno che l'abbiamo convinta a mettersi un apparecchio, ne restò spaventata. "Ma che chiasso fa il mondo d'oggi;" diceva "insopportabile. Come fate a resistere, non lo so. Per me, preferisco non sentire" disse. E così ha voluto restare senza udire più niente».

In quel momento, entrò nella sala una coppia: una signora che, si diceva, aveva abbandonato il marito. Un giovane la seguiva, più giovane di lei, imbarazzato come un ragazzo presentato per la prima volta in società. Tutti lo trovarono carino, e ne parlarono come d'un cucciolo. Qualcuna disse con invidia: «Come le vuole bene!».

LA BELLA SIGNORA

«Non so se càpiti anche a voi di avere in una persona il vostro rimorso, per un incontro in cui abbiate avuto una responsabilità nel suo destino» disse il nostro amico di molta esperienza.

Le sue parole ci buttarono tutti in un improvviso ordine di pensieri, quelli che forse tutti evitavamo con cura. Era passata la mezzanotte, e si apriva l'ora in cui ci saremmo detto quello che confina con la occulta confessione dei sogni. L'orologio che segnava le ore piccole suggeriva l'impressione di un treno notturno che cambia binario, mentre qualcuno veglia per noi e ci conduce. Tutto diventava immaginazione attorno a noi, anche le signore nei loro abiti della innocente parata mondana. Mentre si coprivano coi mantelli per un brivido di veglia, si sarebbe voluto aiutarle a tirarsi su il lembo del bavero, con una premura che voleva parere innocente a se stessa. Era il momento sveglio e frigido della notte d'inverno.

Qualcuno replicò: «Avete notato che questo nostro rimorso si presenta quasi periodicamente nei nostri incontri in città, come la figura ricorrente in un sogno?».

Ci guardammo, ognuno con la sua capacità di fare il male. Si disse: «Séguita tu che hai tirato fuori l'argomento. Significa che hai qualche cosa da dire».

Il nostro amico cominciò: «Era una donna che ammiravo come un personaggio d'un'altra razza, ed era tale da mettere in soggezione chiunque. Fatta con un'estrema generosità dalla natura, incuteva il timore che incutono le donne favorite oltre misura dalla sorte, e cui noi attribuiamo qualità sovrane, considerandole di un altro mondo e nutrite di altri pensieri dai nostri. Almeno, fino a una certa età. Io ero in quell'età. Quella donna era sposata a uno di quegli uomini che noi giudichiamo immeritevoli, naturalmente, come se noi soli, ognuno di noi, fosse il vero uomo, secondo la nostra vanità e presunzione maschile. Quando mi trovavo accanto a lei, provavo un piacere disinteressato, di stare all'ombra della bellezza, e che questa bellezza mi parlasse con parole comuni. Ricordo le sue mani grandi, poiché ella era fatta in grande, la sua stretta di mano mi faceva pensare a quello che in lei era più segreto, una mano di una mollezza ignuda in cui sentivo tutta la sua persona. Era questo che mi rendeva per un istante perplesso di fronte a lei. Con l'intuito sicuro di una donna, aveva fiducia in me, e io sapevo di meritarmela. Perciò nei nostri incontri, con suo marito, mi confidava i suoi più incerti pensieri.

Ricordo una sera, in una sala da ballo, che eccitata di quanto si vedeva attorno, cominciò a dirmi a bassa voce che la sua vita le pareva, fino a quel punto, un sogno. Tutto le pareva irreale, e il marito, e la figlia, e la sua vita, e il mutamento di città. Eravamo a Roma, dove è facile avere un'idea irreale della vita, nella ricerca di un segreto inquietante come se si aspettasse una rivelazione e una gioia che non arrivano mai. Accadrà anche a voi, a Roma, certi giorni, di aspettare altro che il caffè mattutino. C'è nell'aria l'esigenza d'una gioia perduta, dimenticata, e che vi affannate a ritrovare, quasi che si potesse dimenticare, una gioia. Ella parlava con una sorta di rilassatezza e di stanchezza, che contrastavano con la sua struttura generosa; aveva dunque uno dei tre o quattro atteggiamenti che formano il fascino d'una donna: l'aria trasognata. Pareva non avesse coscienza di sé, e questo stupisce quando si è giovani come ero io, quando si ignora che una donna non ha mai una sicura coscienza di sé, e che siamo noi a dare alla bellezza un senso sacro e sublime.

I miei occhi cercarono suo marito che era andato a ballare, e lo vidi che ballava con gli occhi rivolti verso di lei. Lei non ballava perché era sempre in uno stato di stanchezza. Mi accorsi quella sera che in lei germinava uno scontento; divenni cauto per non destare i pensieri che dormono, le rivolte inconsce. Capivo allora intuitivamente queste cose, il risveglio dei pensieri occulti di una donna, quella specie di fermentazione che la può portare a compiere atti in uno stato di incoscienza, con la cecità dell'istinto degli animali della creazione, vestiti di mantelli stupendi, con la loro ignara solennità e grandezza, quasi sfingi della natura e nell'atteggiamento dettato improvvisamente dagli istinti, dai bisogni, la maternità, la difesa istintiva, il sospetto, la brama, e fuggire e cercare furtivamente i richiami.

Passavano per una coppia felice lei e suo marito; si raccontavano di loro episodi d'una tenerezza quasi assurda perché legittima. Egli pareva non ancora rimesso dall'emozione di averla come se la vincesse perpetuamente tutti i giorni per una sorte fortunata. Dico la verità che cercai di evitarla non appena ebbi il sospetto di una sua condizione d'infelicità, che per il momento si manifestava nell'impressione di vuoto e di stupore della vita, quasi ne cercasse il senso e non riuscisse a capire quale sia il suo valore e in che cosa consista. Fino a tardi negli anni, si prova questa impressione di essere fuori della vita, che la vita la vivano gli altri, tutti meno che noi. È la causa di molti drammi d'oggi. A mano a mano che vado avanti, aspetto il giorno in cui capisca tutto, che tutto mi sia chiaro. Aspetto di capire, secondo la lucida intelligenza d'oggi. Ma forse si capirà tutto insieme in un lampo, quando sarà troppo tardi.

Un giorno ella mi telefonò che voleva parlarmi. Aveva fretta. Non ci voleva molto per rendersi conto, dal modo con cui ella entrò nel mio studio, che era quello il suo primo appuntamento furtivo. Sapevo che ella veniva per consiglio, o per bisogno di parlare di sé a qualcuno, e che mi considerava un uomo assennato. Perciò non provavo un'emozione di complice notando il suo atteggiamento, quell'emozione che ci dice tutto dedicato a noi e per noi quel nascondersi, che è l'emozione prima e più suggestiva dei convegni con una donna. Veniva da me come si va dal medico, e tale fu il suo atteggiamento per tutto il tempo che restò da me, seduta su una poltrona in cui temeva quasi di accomodarsi, con quel senso particolare delle donne oneste in cui è quasi il ribrezzo di avere da fare con cose non familiari e non conosciute alle loro abitudini.

Era angosciata come d'un principio di malattia. Cominciò col dire che veniva da me dopo aver riflettuto a lungo. Mi pregava di non fare mai parola della sua visita. Se ne parlo oggi, è perché molte cose sono mutate, e un segreto è ormai inutile, anche se si capisse di chi voglio parlare. Insistette: "Io mostrerò sempre di non conoscere dove lei abita". Poi chiese: "Che cosa direbbe lei se sapesse un giorno che io sono diventata un'attrice del cinema?". Mi parve di considerarla ora per la prima volta, e il mio pensiero fu: Purché si sbrighi; la sua perfezione si sta lievemente alterando. Lo scoprivo allora, e ora la guardavo non più come una persona su cui i miei occhi si posavano con una certa reverenza e un pudore, ma come un oggetto di cui giudicavo l'utilità e l'uso. Seguitò dicendo di avere

66

avuta una proposta importante in quel senso, e che doveva decidere entro poche ore. Mi figurai la sua immagine in breve divenuta comune, uscita da una individualità precisa, da una cerchia di amici, dal quadro familiare, dalla conoscenza del suo uomo, per entrare nel generico della schiera delle ombre, confuse l'una con l'altra con falsi nomi simili fra loro. Ne notavo il significato degli occhi, della fronte, della bocca, il segno e l'indovinello che sarebbero divenuti nelle immagini che di lei si sarebbero diffuse. Era come se annunziasse di volersi chiudere in un convento, segregarsi, scomparire. E il simbolo che sarebbe divenuto il suo corpo, lei che aveva quasi ritegno di appoggiarsi alla spalliera della poltrona come temendo di confidare troppo di sé.

Posso ricostruire il ragionamento che le tenni. "Dipende dai rapporti che lei ha con suo marito. Suo marito lavora, provvede a lei, e questo gli costa fatica. Lei è abituata a una condizione tranquilla in cui tutto ha valore, il più semplice dono come la più piccola comodità. Mi pare di sapere che egli non torna mai a casa senza portarle un mazzolino di fiori. Mi dispiace di ricordarle, da estraneo, un'abitudine intima e cara; ed è certo un'indiscrezione; ma delle coppie felici si parla con un senso di stupore e quasi di scandalo. Lei ora ha la possibilità di mutare condizione. Il denaro che lei porterà in casa, se avrà fortuna, farà impallidire ogni conquista fatta da suo marito fino ad oggi, essa apparirà una fatica puerile, un affanno sproporzionato ai risultati. E lei invece, mostrandosi appena, raccoglierà in un anno quanto egli ha guadagnato forse in tutta la vita. Lei guarderà il suo uomo come il ricco che vede affannare per troppo poco il povero. Lo ama abbastanza per superare questa prova? Vediamo poi l'altro caso, anche possibile: che lei non abbia successo. L'impressione di essere fallita, non soltanto in lei stessa, ma in lui. Per lui, oggi lei è tutto, ha tutte le possibilità, tutta la bellezza e la grazia, per lui, lei dispone di una forza incomparabile che non adopera. Se lei fallisse, pensi come uscirebbe svalutata, non soltanto di fronte a se stessa, ma agli occhi di lui. Il denaro è l'energia maggiore del mondo d'oggi, lo so, e so che il guadagnare è sacro. Ma bisogna misurare le conseguenze, il mutamento dei rapporti, la diversa considerazione della vita che esso impone. E anche per quel tanto di male che potrà capitarle di fare, consideri se è abbastanza robusta per sopportarlo. Una dose di male è come certi veleni, fatali ai temperamenti deboli e che i robusti sopportano benissimo".

Non so perché dissi quest'ultima frase; non ne ero convinto. Ma noi siamo portati a lasciarci trascinare dalle parole, prima che esse si formino in un concetto. Ella restò a riflettere con la sua aria pigra e assente. Quando fu uscita, mi dissi che la condizione dell'uomo reputato saggio, cui si chiedono consigli, è delle più assurde, parlare come una esperta coscienza, e dare sempre la medesima risposta. E la vita ha invece bisogno di far misurare il pericolo, rischiare la sconfitta, provare il male necessario per riscattarsi nella lotta quotidiana che sosteniamo con noi stessi.

Non la vidi più per un pezzo. Seppi un giorno che aveva abbandonato la sua casa e tutto. La leggenda d'una coppia felice non era più l'argomento delle chiacchiere dei suoi amici; non valeva più la pena di parlarne; tutto sembra, così, più vero, più normale, più ragionevole. Una notte, rincasando, la incontrai accanto a un uomo, nella Roma notturna popolata di gatti, le sfingi larvali delle sue memorie e delle sue rovine. Erano sulla porta della casa di lui, ed egli le passò la mano sulla spalla come per sollecitarla a entrare. Mi parve meno bella, come se si fosse tolto di dosso il peso d'una maestà. Prima di entrare, ella mi riconobbe. Mi disse a bassa voce, come terminando un vecchio discorso, "Buonanotte" e mi chiamò per nome. Al tonfo della porta che si chiudeva, distinsi il rumore della fontana che si versava nel tempo perduto della notte senza riuscire mai a colmarla, col linguaggio di una indecifrabile e triste felicità».

DUE OCCHI DI DONNA

Egli sapeva che non doveva protestare; lo sapeva istintivamente che i figli non bisogna rimproverarli troppo acerbamente per timore di fatti spiacevoli, di decisioni irrimediabili e assurde. Lo sapeva quasi istintivamente, come uno sa che il vetro si può rompere. Al suo tempo, quando era ragazzo, erano botte da orbi, ceffoni, calci; erano scene umilianti, ci si sentiva cuocere le guance, era come se il corpo si lacerasse a somiglianza d'un vestito che non bastava più a coprirvi e faceva sentire miserabili. Ma faceva bene essere puniti, essere picchiati, dava il sentimento di avere pagato, di avere scontato, di essersi sdebitati con la colpa e di avere un credito di affetto, il diritto a una riparazione. Infine, era un atto di amore. Ora no. Ora un padre doveva stare zitto di fronte alla figlia che rincasava la mattina alle otto. E anzi, egli era contento che ella fosse tornata a casa, contento che non le fosse accaduto qualcosa di orribile. Era contento soltanto che fosse viva. Di così poco ci si contenta, perché ci si è contentati solo di sopravvivere da troppi anni. L'aveva sentita aprire la porta, e si era presentato all'ingresso per vederla entrare in casa, con quell'aria di persona che ha recitato una parte fuori, che chissà come appare e che cosa significa fuori: un personaggio di cui egli, il padre, non aveva la più lontana idea, e che avrebbe potuto essere qualunque cosa.

Egli non disse nulla. Era vile, da parte sua, non

voler sapere. Ma qualunque cosa ella gli avesse detto, egli non avrebbe saputo reagire e non avrebbe saputo recare soccorso. Tutte le cose serie erano accadute, erano passate, si ripetevano inutilmente per gente che ne era sazia. Egli non le domandava neppure dove fosse stata e perché tornasse a quell'ora. La guardò soltanto per poterle leggere qualche cosa in viso, un segno quasi impercettibile su quel viso d'un pallore delicato e maturo, ma non vi lesse altro che la stanchezza, un senso di sconfitta, come se ella fosse intimamente povera ed egli ne avesse colpa, un difetto della sua natura. Ma lei gli disse, senza farsi pregare, di essersi trovata lontana una ventina di chilometri da Roma, a piedi, di aver fatto un gran pezzo di strada a piedi, e poi, sopraggiunta la notte aveva dovuto chiedere alloggio presso certi contadini. Al mattino aveva preso il primo tranvai. «Ma che facevi? Come ci eri andata?» egli aveva voglia di chiederle. Ella parve prevenire anche questa volta la domanda, e aggiunse: «È stato un ragazzo che mi aveva preso sulla sua macchinetta, e poi, a un certo punto, mi buttò fuori lontano da ogni mezzo di comunicazione, in una strada di campagna». Ella diceva quelle parole in un modo che dispiaceva a suo padre: il tono della ragazza respinta, bocciata a un esame, decaduta, che ha fatto fiasco e che non trova la sua strada. Decaduta da che cosa? Da un'immagine molto antica e piena di mistero. Pure, egli si disse che non era affatto brutta, con quel viso tra di ragazzo cocciuto e di donna dolce e non compresa, sotto i capelli corvini pettinati tempestosamente e che le davano un'aria ardita. Egli si fece coraggio, e con l'aria di scherzare domandò: «E chi era questo mascalzone?».

Ella rispose indispettita: «E che ne so, io?».

«Come! Non sai neppure il suo nome?» egli chiese.

«Proprio per questo mi ha scaricato a terra; perché non sapevo il suo nome» ella disse.

«Senti, Luisa, impara a parlare un poco più, come dire? Non si dice: mi ha scaricata a terra. Sei una donna, non sei una merce, non sei un peso importuno».

Ella disse: «Beh, che cosa ha fatto? Mi ha scaricata, ecco la verità».

Certo qualche cosa hanno i ragazzi di oggi, ed è il senso della realtà. E tuttavia questo dava un malessere al padre, come se la realtà facesse freddo, e non si fosse abbastanza coperti senza l'attenuazione di un po' di menzogna.

«Mi devi scusare, Luisa, ma bisogna pure che te lo dica: non capisco come una ragazza possa andare in automobile con uno di cui non conosce neppure il nome».

«Tu non puoi capire» ella disse. E difatti pensava proprio che egli non potesse capire, con le sue fisime, la sua mania di chiamare le cose con un altro nome. Egli le fece una domanda stupida mentre la accompagnava verso la sua camera: «Ma che cosa eri andata a fare con uno che non conoscevi?».

Ella chiuse la porta e si buttò sul letto. Il padre restò dietro la porta tendendo l'orecchio; temeva di avere esagerato. Era proprio una domanda stupida la sua, come parve a lui stesso mentre si ricordava di essere stato giovane e di essersi seduto un giorno sull'erba con una ragazza, quella stessa che poi, molti anni dopo, in viaggio, vide fuori di una casuccia di campagna con attorno tre o quattro marmocchi, ed ella lo riconobbe con uno sguardo semplice e straziante, perché era il passato, l'assurdo passato che non è di nessuno. Egli ora era curioso, obbiettivamente curioso, di sapere come era andata la storia di Luisa. Si sorprese in questo pensiero come se Luisa non fosse sua figlia, da un pezzo, da quando era stata bambina, ed egli se ne accorgeva soltanto ora. Bussò, entrò nella camera di Luisa, sedette accanto al suo letto.

«Ma niente, babbo» ella diceva. «Eravamo così, tra ragazzi, avevamo bevuto un poco, e io uscii con uno di quei ragazzi. Mi domandò se volevo che andassimo a fare una gita, e ci andammo. Era tutto neve. La montagna era abbagliante, pareva una parete, il paesaggio sembrava un altro, un paesaggio cinese. A un certo punto, lui mi domandò se sapevo come si chiamava. Io gli dissi di no. E allora mi domandò perché andavo con lui, se non sapevo neppure chi fosse. Io gli risposi che era un ragazzo come tanti altri e che per me era lo stesso; tanto per fare una passeggiata. Allora lui mi disse che non stava bene, che non era dignitoso. "Scendi" mi disse, e aprì lo sportello e mi lasciò davvero sulla strada».

Egli la osservava mentre parlava col viso reclinato sul cuscino. Era sua figlia, quella donna. «È la verità?» egli le chiese. «La verità, babbo, la verità. Stai tranquillo. Ti ho detto che mi ha buttata fuori. Che cosa vuoi di più? Va bene?» ella disse. Egli non riusciva a trovare una parola, e non poteva soccorrerla: era una donna sconfitta che un uomo poteva abbandonare sulla strada; era là, senza mistero, con la sua inutile bellezza. Egli pensava: "Ho fatto male. Avrei dovuto tenerla come in carcere, magari legata, minacciarla di morte, ucciderla se... Ai miei tempi, al mio paese, i vecchi avevano un'accetta appesa dietro la porta e la mostravano alle figlie come lo strumento del giustiziere che le avrebbe colpite se sgarrassero. La più povera, la più misera aveva un mistero. Un suo sguardo si ricordava tutta la vita».

Quello sguardo si aprì profondo e ombroso nella sua memoria in un'estate sul mare. Era una spiaggia deserta dove egli alloggiava coi suoi, nell'unica casa, d'un ferroviere in pensione. La pergola che copriva la terrazza era la sola macchia d'ombra che si vedesse a perdita d'occhio sulla riva arsa e deserta. Un ciuffo d'erba, un sasso, pareva dovessero improvvisamente animarsi, tra il mare e la riva apparire una figura umana, poiché la fantasia umana non poteva reggere a una così sterminata solitudine. E un giorno, i paesani dell'interno, cacciati dal caldo, avevano messo su, già dall'alba, le loro capanne di frasche per le loro donne che andavano a fare i bagni, o tende con grandi lenzuoli. Si vedevano quelle donne scendere in acqua tutte insieme, gonfie nei loro lunghi camici. In quell'arsura, l'acqua aveva una consistenza di minerale, la metà diversa dell'altro elemento di cui è composto il mondo; le donne scendevano nell'onda come nelle valve di una conchiglia, e poi si dondolavano in cerchio tenendosi per mano. Egli stava alla finestra, dietro lo stoino, quando avvertì la presenza di qualcuno molto vicino. Si sporse. Sul muricciolo, all'ombra della pergola agitata dalla brezza, una donna si guardava attorno, e rassicurata si abbassava sulle spalle un velo nero che le copriva il capo e le spalle. Più ardita, sporse il viso madido al refrigerio di quell'angolo d'ombra. Ma non pareva tranquilla. Si spiava attorno, poi levò gli occhi, e scoprì lui, che non era più un ragazzo, che era nella sua prima estate di giovane, che la guardava dall'alto della finestra. Lo fissò con due occhi profondi, lo vide nuovo come lei, come lei non vissuto, e gli sorrise. La sua bocca si richiuse subito ed ella abbassò il capo coprendosi col suo velo di lutto. Un uomo avanzò correndo sulla strada, scese a precipizio l'argine e le gridò: «Andiamo?». L'uomo guardava il muro della casa, scrutando le finestre, geloso che qualcuno potesse averla veduta, sordidamente avaro di lei. Quell'uomo, andando con la sua donna lungo la spiaggia, si voltava ancora indietro per capire se qualcuno gliela avesse guardata.

Gli parve che fosse il momento di dire a sua figlia qualcosa di molto importante. «Non hai capito una cosa...» egli cominciò. Volgendosi verso di lei, vide che ella si era addormentata. Le distese sopra dolcemente uno scialle.

UN POCO D'OMBRA

Al tempo della buona stagione essi si trovavano tutte le domeniche in quella piccola insenatura del mare. Arrivavano in bicicletta da due parti opposte, posavano la bicicletta sull'erba che cresceva alta fin sulla riva e si mettevano all'ombra. Veramente non c'era una grande ombra: serviva da riparo uno spino grande e vecchio che la gente ricordava da trent'anni. Molti parlavano di quello spino come d'un compagno: «Il nostro spino»; e ne parlavano anche come d'un nemico: occupava posto, non ci si poteva passare vicino senza qualche graffio, si aspettava che mettesse e soltanto nella tarda estate rinverdiva poveramente. Era grigio, vecchio, pareva sempre secco. Ma faceva ombra: alla sua ombra i due s'incontravano. Giovanna era molto giovane; Antonio era un uomo.

Ecco come sono i rapporti fra una donna molto giovane e un uomo che non è più un ragazzo; ella andava come se si recasse a uno spettacolo, pensava a quello che egli diceva, profondamente, seriamente, quasi che le servisse a capire qualche cosa che non riguardava lui. Lo ascoltava parlare e voleva che parlasse molto. Ella indossava una camicetta rosa che le stava molto bene: era bionda e pallida. Lo tirava per un bottone del panciotto e diceva: «Parla ancora, di' su». Egli parlava. E mentre parlava ella staccava i fili d'erba e i piccoli fiori della spiaggia, se li metteva fra i denti, li disponeva agli occhielli della sua camicetta, li cacciava nell'occhiello della giacca di lui. Egli aspettava che ella si fermasse un istante. Allora le passava una mano sulla testa, sentiva il cranio di lei sotto i capelli, il suo cranio piccolo di donna, coi lobi e le protuberanze dove era un pensiero ostinato, di quelli che le donne non dicono mai. E poi il viso, il collo, le spalle. Ella lasciava fare: stava sdraiata guardando il cielo; tranquilla e fidente come un animale, ma vigilante con la coda dell'occhio, come un animale. A volte sorrideva con un sorriso stranamente equivoco che la rendeva enormemente adulta. Quando ella sorrideva così l'uomo sentiva la vera età di lei, che è l'età della donna amata, una sola e unica età. Ella sapeva? Non sapeva? Ella parlava poco, veramente, e mai di sé e dei suoi amici, ed era come nascondersi, appartenere a un altro mondo. Questo era il punto.

"Ma domenica prossima lo saprò. Le dirò tutto: tutto sarà deciso" egli pensava. Pareva che non avesse mai vissuto e non fosse mai stato giovane. La gioventù d'oggi è diversa: guarda gli adulti come se non ci credesse, con un'aria di canzonatura, come se si trattasse di gente troppo semplice e addirittura sciocca: guarda come se appartenesse a una tribù che ha i suoi riti e le sue credenze. E bastano pochi anni per esserne lontani e appartenere a un altro mondo cui i giovani non dicono mai più nulla.

"Domenica prossima". Poiché egli era innamorato, tutto dipendeva da lei: che capisse a un tratto quello che capiscono gli amanti, che tutto fosse pieno di senso. E pensare che tutto dipendeva da quelle braccia, da quel cranio rotondo e piccolo, da quella forma ignara che stava seduta sulla spiaggia sotto lo spino, cui piaceva di essere adorata. Non c'era un posto più bello di quel cespuglio.

Molti lo sapevano, per le case sparse, che il pomeriggio della domenica, fino alle sei, l'ombra dello spino apparteneva ai due che arrivavano in bicicletta. La mattina era diverso: la mattina con l'ombra più fresca e azzurrina del sole nuovo, il posto era di un altro, di uno che aveva veduto lo spino trent'anni prima, e che ora andava a scalzarsi alla sua ombra. Questi era un uomo non amato, solitario, e si scalzava soltanto per mettere i piedi nell'acqua chiara, al limite dell'onda tranquilla che lambiva la spiaggia. Faceva soltanto questo; non aveva il coraggio di spogliarsi e di buttarsi in acqua. Era un uomo non amato e perciò timido. Più tardi, nel primo pomeriggio, l'ombra dello spino apparteneva a un altro, il quale arrivava in compagnia di tre persone che si rimboccavano i pantaloni, entravano in acqua, andavano frugando fra le alghe, in breve riempivano di ricci di mare un canestro. Quello che era rimasto all'ombra del cespuglio si spogliava; di colpo lo si sentiva che si buttava in acqua, come un ranocchio, e soltanto allora i suoi compagni si voltavano a guardarlo. Gli sorridevano. Pareva che i suoi compagni gli facessero la guardia e proteggessero la sua solitudine. Difatti si riaccostavano col cesto pieno di ricci bruni e turchini soltanto quando colui era tornato sulla riva, strisciando, si rifugiava subito sotto il cespuglio confidente tirando a sé l'asciugamano per coprirsi, e si vestiva in fretta. Soltanto allora i suoi amici tornavano, e si mettevano ad aprire i frutti di mare col coltellino. Quelli che abitavano nelle case sul pendio non potevano vedere bene tutto quello che accadeva all'ombra di quel cespuglio folto. Passeggeri e viandanti che sbucavano sulla strada per andare al paese vicino, avevano l'impressione di quell'insenatura tranquilla, dove fin quasi sulla spiaggia arida qualcuno piantava zucche e pomodori che non arrivavano mai in nessuna estate a diventare grandi. Nell'asciuttezza della terra attorno, questa insenatura era fresca come la macchia d'ombra del suo cespuglio di spine. D'estate, alle volte, vi si trovava qualcuno che lo aveva occupato e che non era del luogo, e non conosceva i turni. A volte approdava un barchino con un uomo, una donna, qualche bambino; sbarcavano, accendevano il fuoco e si facevano la zuppa con i pesci pescati la mattina. Difatti, più in là, c'erano tre pietre affumicate che tutti rispettavano e che formavano il focolare. Certo, per quanto la terra intorno fosse arida e assolata, si trovava lungo la spiaggia qualche macchia d'alberi, l'ombra di una casa e d'un muro; ma questo cespuglio era di tutti, e d'altra parte nessuno avrebbe potuto dire perché fosse tanto attraente. Ognuno vi poteva fantasticare a suo modo: farci una villa, per esempio, a specchio del mare, intorno piantarci un giardino, gerani e rose che si sarebbero specchiati nell'acqua sempre serena che il vento riusciva appena a increspare, tanto che nelle giornate cattive vi trovava riparo sempre qualche vela.

"Il nostro spino". Antonio aspettava dunque quella domenica per sapere tutti i pensieri di Giovanna. Basta coi discorsi che gli toccava di fare, i lunghi discorsi degli adulti che le ragazze ascoltano pensierose e diffidenti; basta essere guardato mentre parlava: le ragazze ascoltano gli uomini adulti come se volessero imparare qualche cosa, come se si interessassero a tanti pensieri maturi, e i pensieri le allontanano. Bisognava parlare di cose semplici e quasi stupide, come sanno fare i giovani tra di loro: discorsi fatti di monosillabi e di poche parole ripetute all'infinito, come le frasi d'una musica che si sentono tornare senza stancarsi mai.

S'incontrarono sulla strada e si avvicinarono all'insenatura. «Giovanna, oggi io ti devo parlare, sul serio, molto sul serio» egli cominciò subito, e sentiva la sua voce d'una volta. Lo sapeva che, quando egli aveva accenti come questo, ella lo guardava stupita, forse perché lo vedeva diventar improvvisamente ragazzo. E proprio allora ella acquistava un'espressione più adulta di lui. Abbassava gli occhi e pareva che pensasse profondamente; i suoi occhi si assicuravano che tutto su di lei era a posto.

Alla svolta scesero dalla bicicletta, lasciarono la strada e si avviarono pel pendio. E a un tratto videro che al posto di quel cespuglio non rimaneva che un mucchio di cenere e di carboni da cui si levava un po' di fumo. I tronchi dello spino erano neri e contorti come serpi sul grigio della cenere.

«Lo hanno bruciato!».

La spiaggia sembrava più grande, ma deserta, e il sole vi batteva padrone. Non si sarebbe immaginato che lo spino occupasse uno spazio così vasto; i tronchi contorti seguitavano a fumigare e tuttavia reggevano i rami più alti, ancora teneri e verdi, come può essere verde e tenero uno spino. Ora, quel breve tratto di spiaggia sembrava caduto in una grande solitudine, e che nessuno vi avesse mai messo piede. Tutto era disadorno, insignificante e c'era da domandarsi perché mai tanta gente aveva trovato propizio quel luogo.

Ma i due non volevano tornare indietro. Abbandonarono l'insenatura e camminarono lungo la spiaggia. Incontrarono prima il gruppo delle persone col cestello dei ricci di mare, e l'uomo che faceva il bagno. Lo vedevano bene in viso: era alquanto grasso, li guardava come qualcuno che ha una cosa da nascondere. E difatti, abbassando gli occhi, videro che doveva avere una gamba artificiale! S'era coperto con la giacca le gambe, ma attraverso la piega che faceva la giacca essi capirono che c'era un vuoto sotto. Poco più in là c'era l'uomo che si scalzava e che metteva i piedi in acqua; ma questa volta stava raccolto, fermo e zitto con le scarpe ai piedi. Il mare era d'un colore turchino, profondo, le barche a vela passavano al largo; tutto sembrava aperto, spalancato e senza possibilità di rifugio. «Chi sarà stato che ha bruciato lo spino?» si chiedevano Antonio e Giovanna. Il loro pensiero si fermò su un individuo del luogo, che abitava una vecchia villa e che si preoccupava di tutto ciò che si faceva in quelle poche case e nella contrada: difatti aveva fatto sloggiare da un casolare sulla sponda del canale una famiglia con cinque ragazze che erano piuttosto belle e sane, da cui si fermavano spesso nel viaggio certi motociclisti. I due provavano un sentimento comune a chi cerca un rifugio; ed era triste ed esaltante a un tempo: parlavano dello spino: probabilmente avrebbe rigermogliato, e del resto gli ultimi rami più alti mostravano d'essere ancora vivi, lividi della linfa degli spini. Forse, fra qualche tempo, altri innamorati si sarebbero fermati alla sua ombra. I due innamorati non provavano alcun rancore contro l'uomo che immaginavano autore dell'incendio; se lo raffiguravano soltanto forte, iracondo e rosso. Quando passarono davanti all'uomo che era solito scalzarsi, costui disse con voce amica: «Hanno bruciato lo spino, eh?». Balbettava un poco e abbassava gli occhi, perché era timido e non amato. «Ha bruciato tutta la notte, una grande fiammata, e brucia ancora. Era folto, era grande». Lo ammirava perché era grande e poteva bruciare da dodici ore. «Ma ricrescerà, certo ricrescerà». Era anche la sua opinione.

I due passarono avanti. Trovarono due scogli vicini e si misero là in mezzo. Si vedeva il cielo alto, il mare deserto. Nel cielo balzò col suo ronzio un aeroplano. Passò, era già lontano. Giovanna sedette e si tirò la veste sulle gambe. Antonio le si avvicinò e la baciò piano piano, senza fretta, sulle labbra. Ella stette un poco in ascolto, poi cominciò lentamente, anche lei, a rispondergli.

DELFINA

«Ricordatevi le ragazze della guerra» disse una sera Flasani, mentre parlavamo dei tempi passati e della gioventù che se ne stava andando. «Io ne vedo» proseguì «qualcuna di quando in quando; alcune coppie di allora mi riappaiono in qualche città di passaggio, come fantasmi d'un altro tempo. Di alcune ragazze di allora che rivedo donne, ricordo all'improvviso la loro apparizione in qualche città delle retrovie, quando balzarono per la prima volta con la loro gioventù in mezzo a tanti uomini; erano simili a voci più alte in un coro, a bandiere in una folla, a fiori in un prato. Che tempi! In un anno esse declinavano, ne saltavano fuori delle altre come frutta mature da un albero abbondante, il sorriso della più bella dell'anno precedente si velava già, era già un ricordo, e spuntava intanto quello nuovo. Anch'esse formavano un esercito, anche fra di loro vi sono state vittime. L'umanità era in marcia come una tribù primitiva, con le donne in arcione. Ancor oggi, quando rivedo una città delle retrovie, non so perché mi ricorda un campo di battaglia; ricordo perfino alcuni punti precisi delle strade dove si aprì la prima volta uno di quei sorrisi stupefatti. Qualche volta mi domando: Che cosa ne sarà stato della Clara, della Gigia, dell'Aida, dopo che noi partimmo? Avranno seguito ancora il passaggio di altri uomini come noi. Io ero allora uno e un milione; non ero un uomo, ma tutti gli uomini.

Accadeva così che ci mettevamo ad amare in coro un altro coro. Era difficile che esse si accorgessero alla prima di come eravamo, tutti in uniforme e tutti uguali. Qualcuna a un certo punto si accorgeva di aver sbagliato e passava dall'uno all'altro; qualche volta, in qualche porta buia, congedandoci, abbracciavamo per isbaglio quella che ci stava più vicina. Non chiedevano né fedeltà né ricordo. Noi invece volevamo impiantare dovunque un labile segno di focolare, di cuore amico. Ma eravamo tanti. E ricordo che una volta, guardando una strada così affollata di uomini di ogni età e qualità, una disse stordita: "Quanti uomini!". Appena ci allontanavamo da esse eravamo come morti, e ci scrivevano difatti le loro firme soltanto su cartoline, come a un appello. Qualcuno di noi sognava talvolta di tornare in un luogo dove aveva amato una donna, e si accorgeva poi, quando c'era, che stentava a farsi riconoscere. Perciò non ho mai desiderato di tornare in certi luoghi.

Quando stava per terminare la guerra, mi trovai in una di queste città di retrovia, convalescente. Ero già un vecchio militare, i ragazzi nuovi venivano avanti, e le bambine di due anni prima erano divenute donne. Facemmo lega con due compagni di tavola del circolo militare, e ci trovammo tre ragazze. Giravano le ragazze per la città come rondinotti imprudenti. Ne spuntavano da tutte le parti, si vergognavano a passare tra gli uomini che le aspettavano agli incroci, parevano impacciate dal vestito, dalla borsetta, dalla sciarpa intorno al collo, dalle loro stesse mani nude e dai seni gonfi. Si tenevano qualche volta per le mani, qualche volta andavano a braccetto, si scioglievano improvvisamente, e quella che raccoglieva i maggiori omaggi si trovava un attimo sola, tentennante, compunta, fino a che le compagne non la stringevano di nuovo, ridendole all'orecchio e chinando la testa verso di lei come per ascoltare il suo cuore. Quando le nostre tre ci passarono davanti, noi preferimmo tutti la stessa, che si chiamava Delfina. Vi fu quello smarrimento proprio degli incontri come questi, quando ognuno giudica quella che gli è toccata; e le ragazze lo sanno, forse fanno lo stesso, e dopo un poco tutti vorrebbero cambiare come a un tavolo di gioco. Vi sono gl'incontri per un attimo infelici, le ragazze osservano chi è il più allegro, chi è più audace e gli corrono incontro con tutta la loro curiosità; fino a che un atto, un gesto, un sorriso, di quelli più nativi e giovanili, non concilia tutti. C'è sempre un uomo più spiritoso e audace degli altri, e suscita qualche gelosia. Tra noi era il più anziano, quello che aveva conquistato Delfina. Guardavamo gli alti edifizi della città che diventavano d'oro lucido, nell'ultima ora del sole, e le rondini che facevano gazzarra basse, e i tranvai in partenza per i prati fuori porta. I prati erano asciutti e freschi, si adagiavano le coppie qua e là, le ragazze avevano molta voglia di ridere e di parlare, di fuggire e di rimanere. Strappavano l'erba a manate, si accomodavano in modo da non sgualcire la veste, si tiravano la veste sulle gambe. Si sentiva ridere lontano e vicino, tra i fossi e le siepi, e ognuna riconosceva al riso l'altra e domandava: "Che le succede?". Il riso incoraggiava le compagne. Ognuna tremava seria e compunta. La più lesta e la più allegra rideva lontano, forte, e subito taceva. Era Delfina. Certo si lasciava baciare. Allora ognuna faceva lo stesso con quel sentimento di piacere e repulsione proprio dei primi incontri. Prese da una improvvisa allegria si mettevano a parlare del cinema, dei vestiti, della moda, della madre; sì, della madre. A loro pareva di capire meglio la madre in quell'ora. Si aspettava che si fermasse un momento quella parlantina per prendere una manina e stringerla un poco. Era come se cantassero, tanto discorrevano volubili e spensierate.

L'impressione più forte di quelle relazioni, era che non ci consideravano come uomini nella loro vita, ma come incontri. I discorsi erano vaghi, quasi non ci guardavano, e tutte le volte che ci posavano gli occhi addosso era una sorpresa. Qualche volta, nella stanza dove ci incontravamo spesso, dove abitava l'amico di Delfina, esse si mettevano insieme da una parte e ci ascoltavano discorrere. Si abbracciavano tra di loro, e ci pareva che tutte ci abbracciassero insieme. Noi non avevamo altro che il bagaglio dei nostri anni di scuola e dei giorni di guerra. I nostri discorsi erano lunghi e noiosi, esse ci ascoltavano e certo riconoscevano sempre le stesse cose di tutti i giovani di allora. Era come una musica più volte udita, la fanfara allegramente monotona della gioventù. Esse erano di noi e noi di nessuno. Ci scambiavamo gli stessi sguardi con la stessa tenerezza. Esse erano per noi tutte le donne. Così accadde che spesso scherzavamo teneramente con l'amica dell'amico. Noi stessi ci sentivamo fluidi, particella di un aggregato enorme, di un corpo enorme. L'umanità era tanta, tanti gli uomini, e si stentava a fissarsi in una parte di essa. La più fragile, quella dal sorriso più innocente, Delfina, si abbandonava volentieri, come se fosse d'aria. E tuttavia non potevamo nascondere un certo senso d'inferiorità, come se fossimo malati e ci assistessero compassionevolmente. Alla fine era come se facessimo tutto questo per non sentirci soli, perché la folla dà il desiderio di una sola persona, di una forma definita e fissata in quel fluido infinito. Questo amore corale è un privilegio della gioventù. Chi si ricorda i discorsi lunghi di quel tempo? Si parlava ore intere, di cose passate, di cose dell'infanzia, della vita passata e di quella avvenire. Questo parlare dava l'impressione di essere qualcuno, di ricordare a noi stessi che eravamo un destino. E mai in questi discorsi sull'avvenire le donne parlavano di noi come se dovessimo rimanere nella loro vita. Noi non esistevamo che in quell'attimo. Tra poco il flutto umano ci avrebbe portato lontano.

È difficile definire quelle impressioni e quelle consuetudini. Era una cosa calda, profonda, misteriosa come l'alvo materno. Quasi si rinasceva. Qualche mattina, quando all'alba io riaccompagnavo una di quelle donne e sostavamo al primo caffè aperto della città, e si sentiva il primo fischio del treno, il cappellino di traverso, il viso stanco di lei mi stringevano il cuore. In un trasporto di amore, in una specie di rivolta contro quell'assenza di certezza, avrei voluto offrirle non so che, dirle non so che parole. Una volta le passai un anello al dito. Ella ne fu confusa, mi guardò quasi con diffidenza. Tutte e tre sognavano una vita sicura, una casa, un uomo, ma nessuno di noi era per loro un uomo. Noi eravamo i soldati, la guerra, il pericolo; le farfalle sorte con ali tremanti dal verme umano per una breve stagione. Ci parlavano d'altri militari, d'altri uomini, di cui rimaneva impresso in loro un tratto vago, appena l'arma cui appartenevano, il numero del reggimento, qualche volta il paese. Essi rappresentavano per loro tutta la fanteria, tutta la cavalleria, o tutta la Sicilia, o tutto l'Abruzzo. Erano sepolti quasi senza memoria nella loro carne. Così io conobbi il sorriso vacillante di Delfina. In quell'amore di tutti noi per tutte loro v'era una unità animale, ci reggevano come la terra.

Era venuto l'ultimo inverno di guerra e sui colli c'era la neve. Noi andammo a fare una passeggiata. C'era non so che stanchezza, quel bianco ricordava l'innocenza, la logica delle stagioni, la certezza della terra. In quella luce ci trovammo tutti con una specie di vergogna, con un istinto di nasconderci, con un rimpianto amaro. Aiutarle a camminare sulla neve, impedir loro di scivolare, erano atti di una solidarietà profonda che facevano desiderare un legame più certo, e le nostre stanze della città ci parvero al ricordo afose, opprimenti, ossessionate di solitudine. Avevamo segnato coi nostri passi la neve, avevamo veduto dall'alto la città, gli alberi stecchiti e in attesa, e provavamo il sentimento delle cose innocenti, eterne e fisse. Esse camminavano davanti a noi, e ci pareva che sulle spalle curve portassero non si sa che stanchezza. Che cosa avrebbero fatto domani? Trovammo un caffè aperto e vi entrammo.

Delfina si sentì male. Forse era l'aria chiusa del caffè. Una disse: "Delfina sta male. Delfina è incinta". Ella stava con le mani in grembo. Sopra di lei un manifesto del prestito nazionale rappresentava un soldato che indicava imperiosamente davanti a sé col dito teso. Delfina respirava tranquilla, sebbene un poco affannosamente. Era greve, pesante, tarda come la terra invernale. Mi ricordo come era facile ad abbandonarsi. Ora sembrava che covasse una febbre. Le compagne posavano le loro mani sulle sue, sul suo seno. Distintamente rivedemmo tutta la nostra storia e la storia di tutta l'umanità in quel momento. "Bene," disse uno di noi, il più anziano "bene; la sposeremo. Siccome siamo tre dica lei chi vuole". Noi non sapevamo se avesse scherzato. Era divenuto serio; quel discorso ci parve fatto di parole che non capivamo bene, e di colpo ci parve che la vita fosse mutata, che la terra ci prendesse e ci radicasse fermi su di sé. Non so come questo sentimento si unì all'idea della pace, della vita avvenire, di un mondo incredibilmente ordinato. Delfina levò gli occhi pesanti e indicando quello che aveva parlato, il meno giovane di noi, disse: "Tu sei stato il primo". Ci salutarono come se si congedassero, si avviarono sole, e le vedemmo andare avanti fino alla svolta, con un passo già familiare, e distanti e sole come in una vita avvenire. Parve che in quel momento fosse finito qualcosa, forse la gioventù, forse la guerra».

LA MOGLIE

I

Il signor Direttore Generale, nel suo ufficio, pensava che ora che stava per cominciare l'estate, la sua stanza diventava un forno. Era la prima estate che egli passava là dentro. Nominato da poco, per meriti straordinari, non si era ancora abituato all'ambiente, al tavolo, agli oggetti che si trovavano sul tavolo. Per una vecchia abitudine, egli seguitava a portare a casa le matite, la carta, i pennini. Quando compiva di questi atti, aveva l'impressione di fare economia. Quello era un ufficio moderno, e non sembrava neppure un ufficio, ma uno studio libero, tutto per lui. Era tanto solo in quella stanza che sul principio non era neppure riuscito a lavorare; era la stessa impressione di quando, ammalato da collegiale, lo passavano dal dormitorio comune, a una stanzetta dell'infermeria: e quella solitudine fra quattro mura evocava nella sua fantasia pensieri d'amore, apparizioni impossibili, visite misteriose. C'era anche, vicino alla sua stanza, un gabinetto con una vasca da bagno, poiché i bagni erano molto alla moda, ed erano stati introdotti fin negli uffici più severi. La società cresceva, saliva, s'ingrandiva. Si faceva anche un gran parlare di bagni in quel tempo, e questo era un argomento che pareva grazioso trattare in pubblico. In questo ufficio c'erano ventidue bagni. Il signor Direttore Generale aveva tentato di mettere in tasca le chiavi del bagno accanto alla sua stanza, e che doveva servire a tutti gli uffici sullo stesso corridoio. Ma vi furono delle proteste, ed egli dovette rinunziare a questo disegno. Così sparirono dal bagno la carta, l'asciugamano, il sapone, e poi i rubinetti, non interamente, ma a pezzi. Tuttavia si passava in questo bagno qualche minuto gradevole, pensando le cose vaghe che si pensano nei bagni, che per la loro stessa uniformità vi fanno sentire quasi in vacanza e fuori del tempo. Di fronte, nell'altra ala dell'edificio, c'era il bagno del ministro: si vedevano le tendine color tortora, ciò che era elegante e burocratico insieme; ma dentro, era tutto coperto di marmo verde, muri e pavimento, la vasca era incassata in una nicchia nel muro, coperta alla vista da una tenda color tortora anch'essa, dietro cui si poteva immaginare una gentile figurina d'un gusto burocratico, non troppo magra, per quanto la moda fosse alle magre; forse la signora Dolores, che veniva di quando in quando a chiedere dei favori, e aveva una fama di delatrice, che lei stessa alimentava per rendersi interessante: alta, dalle proporzioni d'una statua romana, i capelli corvini arricciolati sulla fronte; aveva il marito in Africa; era talmente forte, che vi dava delle gomitate, degli spintoni, cordiali, che facevano sentire le sue carni sode, anche ora che era riuscita a piacere al ministro. Accanto al bagno del ministro, c'era un salottino intimo, con un divano largo, spazioso, coperto di una seta rossa, due poltrone, un armadio a muro.

"Chi verrà oggi?" pensava il signor Direttore Generale. Arrivando in ufficio, aveva sentito uscire da un caffè, al lato opposto della strada, un fresco odore di orzata, che si mescolò a un altro odore di borotalco di una ragazza che passava, e apriva un paesaggio fresco, pulito, mattutino, stemperato in un'aria già calda. Diggià l'estate. A quell'ora accadeva qualche cosa sulla strada, qualcosa che accade nelle belle giornate; un incontro, chissà; bisogna trovarcisi per goderne. Sulla parete di fronte allo scrittoio del signor Direttore Generale, un grande quadro, acquistato in qualche esposizione, raffigurava una donna nuda, di quel nudo che si trova nei calendari profumati dei barbieri, la quale, in piedi sulle onde d'un mare quasi verde, tiene la barra del timone d'una nave, mentre un marinaio, tarchiato e non più giovane, fa, a prua, grandi sforzi non si capisce bene intorno a che cosa, ma al punto che tutti i muscoli del suo corpo si tendono sotto la sua pelle abbronzata. Il signor Direttore Generale riflette senza volerlo a quella scena. Ha già notato tutti i particolari di quella donna, che vorrebbe rappresentare la Navigazione. Essa non ha un pelo, e si cerca di capire inutilmente se è una donna che ha fatto qualche cosa. Il signor Direttore Generale, da quando occupava questo posto, e aveva il piacere d'essere in quella compagnia, si sentiva più vivo, più libero, più galante. Il vestito nuovo, che s'era fatto sul modello delle persone più autorevoli, era comodo, largo, e faceva sentire a proprio agio ogni parte del corpo. Egli ora pensava a cose oscene e parlava anche un po' sboccato; egli che era rimasto offeso più volte del contegno e del linguaggio dei suoi superiori e del suo ministro quando parlava di donne, capiva ora che quelle erano manifestazioni dell'autorità e del potere. Ed è uno dei segni che veramente s'è mutata condizione, questo trovarsi nei pensieri di chi fino a ieri si trovava più in alto; allo stesso modo che, per un giovane, ritrovarsi coi pensieri di un uomo. Era un'inquietudine, un'attesa, una trepidazione, una smania; proprio come essere innamorati, ma senza sapere di chi. La sicurezza di avere un'autorità dava all'uomo la sicurezza di riuscire, aboliva ogni ritegno, e la donna si svelava di ogni suo mistero, attratta dalla potenza.

C'era da ridere di tutti i deliri dei poeti e dei sogni dei poveri, e dei sospiri degl'innamorati. Quando si è in alto, si vede il mondo in tutt'altra maniera, si conoscono i fili che guidano l'umanità, i moventi dei suoi sentimenti. Per questo l'autorità è immobile e arida; triste e insaziabile. Essa non sa se è amata. e dubita che nessuno sia amato. Il signor Direttore Generale conosceva bene dove va a finire la crudeltà e il ritegno delle belle tiranne quando parlano a un ministro. Ma tuttavia, l'amore deve esistere in qualche parte, se a volte una postulante si affanna per ottenere un beneficio all'uomo che ama, permettendo, pur di ottenerlo, che le si strappi un bacio o un favore. Il signor Direttore Generale era dominato da tali sentimenti, che sono l'inferno di ogni persona rivestita di autorità. Arrivato a capire, gli sembrava, quello che è la vita, ne soffriva come un escluso; eppure egli vedeva umiliate ai suoi piedi, supplichevoli, tortuose, scaltre, le donne, il fondamento del mondo. Ma in qualche modo gli sfuggivano, lo eludevano, forse ne ridevano. L'appetito del potere è insaziabile e trascina con sé, ugualmente insaziabile, l'appetito sessuale. Egli non dimenticava l'aria sprezzante con cui gli si rivolgeva qualcuna di queste donne protette da un'autorità superiore alla sua. La signora Dolores non gli concedeva neppure una di quelle piccole licenze che ella concedeva volentieri a impiegati in sottordine: voleva, evidentemente, fargli notare che il suo protettore era il ministro, e che ella poteva infischiarsi di lui. Quanto a concedere qualcosa ai piccoli impiegati, era un suo diritto, era ricca di grazia e di natura, e si poteva permettere di dare un assaggio. Tuttavia il signor Direttore Generale aveva fatto progressi, da quando il tributo di cui egli godeva era appena un sorriso, come uno spicciolo caduto nelle mani d'un povero. Ora egli era entrato nella categoria di chi può. Ma aspirava di salire ancora più in alto, là dove si presentavano donne molto graziose, molto eleganti, con l'aria riservata, che avevano bisogno di grandi favori, gente magari con un nome, con titolo addirittura. Egli provava a volte il diabolico piacere del corruttore, e pur nella sua posizione d'uomo d'ordine, e in qualche modo di custode dell'ordine, un piacere di sovversivo e di attentatore della società. Così, a volte, nel più alto custode della vita pubblica, si può nascondere un suo nemico criminale. A volte, ripensando alla folla, alla città, alla società, le vedeva dall'alto, come un abisso di tradimenti e di inganni. E anche questo era un piacere diabolico, un sentimento della propria potenza. Avrebbe progredito, sarebbe arrivato più in alto, alla certezza suprema che non esiste nulla che non ceda alla potenza.

Il signor Direttore Generale giudicò con un'occhiata il soggetto che gli si presentava questa mattina. Lesse il biglietto con cui era stata annunziata: "Maura Amati. Affari personali". Egli si compiacque del colpo d'occhio che aveva acquistato nel giudicare i suoi postulanti, uomini e donne; era un'operazione che egli faceva con la precisione d'una macchina calcolatrice, e con la stessa assenza d'ogni pensiero: ventotto anni; carina; alta; graziosa; movimenti da gran signora; ma non lo è; è la sua altezza che le dona quel passo; elegante; ventotto anni, la grande età d'una donna; ha figli, una bambina? Con quel tono, poteva presentarsi al sottosegretario o al ministro. Tuttavia non è una benestante. Ha bisogno. È strano che la bellezza e la grazia hanno sempre l'aria di non aver bisogno altro che per giuoco. Egli cercò qualcosa di volgare su quella persona, stupito di non trovarlo. Gustava quel momento in cui una donna dagli occhi così superbi, dai capelli così in ordine, dalla veste d'una linea così discreta, chiede qualcosa che egli può dare. Conosceva benissimo quel tono timido, fragile, infantile, con cui esse si presentavano. Sapeva bene che era quello un modo per attirare l'attenzione, spaurite che si chiedesse a loro qualcosa di più; e difatti bastava che egli si mostrasse ostile diffidente e serio sul principio perché esse facessero intravedere qualcosa di più. In fondo, avevano paura, cercavano di concedere il meno possibile, assumevano un'aria stupida, timida, di chi cerca protezione. Il signor Direttore Generale pensava non senza disgusto che in qualche stanza della città, un uomo aspettava quelle postulanti, le quali tornavano irritate di quel colloquio, buttavano la borsetta sul letto, si cacciavano il cappello all'indietro, spossate, raccontavano com'era andata, e per il momento rifiutavano qualunque dimostrazione di gratitudine e di affetto, con una ripugnanza generica per tutto quello che è l'uomo. E poi cedevano, lentamente, a un abbraccio come malate, e a quei baci lenti cui rispondevano appena aprendo le labbra, e con gli occhi aperti ancora a quel sopruso, a quello che avevano dovuto concedere. Il signor Direttore Generale si raffigurava quella scena assai dettagliatamente. C'era stata una donna anche nella sua vita, che aveva ottenuto qualcosa per lui.

La signora Amati si assicurava di star bene sulla sedia, sentiva che piacere un poco era pure il suo dovere, e sorridergli guardando amichevolmente quell'uomo di cui trovava il viso strano e senza armonia, come se, nel mondo ordinato della sua camera, qualcuno avesse disposto ogni oggetto fuori posto. Con un gesto rapido, come per non essere sorpresa, la sua mano tirò la veste sulle ginocchia scoperte. Ma egli notò quel gesto, e ne rimase offeso.

«Mio marito aspetta da sei mesi il suo trasferimento».

«Vostro marito è assente da sei mesi?» (Perché non se ne era accorto? Aveva tutti i segni di questa sua condizione; e il signor Direttore Generale ripensò vagamente a certi frutti che, in una temperatura rigida, serbano i colori di quando furono strappati dalle piante, sebbene un poco intirizziti).

«Sì» ella disse abbassando gli occhi. Riprese: «Viviamo separati, due case, in tempi come questi... M'ha scritto di sollecitare. Ne ha diritto. Ho qui una bambina. Noi non possiamo sostenere tante spese». Ora ella guardava il signor Direttore Generale negli occhi, con una espressione filiale che lo irritò. "Conosco queste manovre, bella mia. Vuoi darmi a intendere che sei fedele. Vedremo".

«Una donna come voi non può sostenere tante spese? Via, via, signora...».

«È la verità» ella disse; e cavò un fazzoletto dalla borsetta, con estremo pudore, richiudendola subito con un vago sospetto di quello che può essere la spudorata fantasia d'un uomo.

"Una borsetta foderata di pelle all'interno. È una donna che può permettersi questo lusso. Chi gliel'ha regalata? Quando? Non da molto tempo. Era assente suo marito?" pensò il signor Direttore Generale.

«Lui, poverino, fa di tutto, ma se manda tutto qua, a noi, sta male lui».

«Una donna come voi merita tutto, non deve mancare di nulla».

Ella non sapeva che cosa rispondere, né che senso dare a quelle parole, che tuttavia le parvero un buon segno. Il signor Direttore Generale la studiò un poco, guardandola sfrontatamente negli occhi. "Gli vuol bene. A ogni modo lo protegge. Non c'è un pensiero che non sia per lui. È il padre della sua bambina. Ma come diavolo, un impiegato può aver pescato una donna simile? Mi sbaglio, o è onesta. Ce ne sono, che sono come delle bambine; mancanza di esperienza. E per un pover'uomo, questo è un tesoro, la sua vita, il suo lusso, tutto. C'è della gente fortunata, a questo mondo. Ma quando una donna è così, non gira vestita a quel modo. Io la terrei murata. Già, ma di necessità, ella oggi deve piacere al signor Direttore Generale, da cui deve ottenere qualcosa, pagando il pedaggio d'un onesto sorriso". Ella difatti gli sorrideva, vergognandosi di se stessa, sentendo i suoi capelli in ordine, il suo vestito aderente, spoglia e netta nella sua castità.

Sdraiandosi sulla spalliera della sedia, il signor Direttore Generale disse:

«Beh, tutto si può fare».

Ella lo guardò con un lampo negli occhi, con quell'espressione gelosa di chi cova qualcosa sotto le sue ali, così comune e naturale nel mondo degli animali e degli uomini.

«È il suo diritto, del resto» ella aggiunse. «Lo hanno dimenticato laggiù in Calabria; la pratica deve essere rimasta seppellita chissà dove. Si tratta di ripescarla».

«Il suo diritto, sì; ma bisogna che qualcuno glielo riconosca».

«Chi qualcuno?» ella chiese con l'aria di non capire, propria delle donne quando si trovano davanti a una questione ordita dagli uomini e che trovano oziosa e vana.

«Io, per esempio» disse il signor Direttore Generale.

«Va bene» ella disse, e gli sorrise confidente.

«Non è così semplice. Per quanto io possa farlo in ventiquattr'ore».

«Oh, sarebbe proprio... proprio...» ella disse con

le sue labbra oneste, appena ravvivate da un discreto belletto, e come per nascondere la sua gioia, o qualcosa che contrastasse col suo pudore, si portò il fazzoletto davanti alla bocca.

Il signor Direttore Generale si raffigurò la scena che pure qualche volta aveva provocato: dire di sì, vedere quella donna levarsi, in uno slancio di gioia e di amore verso l'uomo protetto che scaldava un poco del suo riflesso anche lui; e poi accompagnarla verso la porta, già tutta piena del pensiero di quell'altro, senza accorgersi che il signor Direttore Generale le porge il braccio, le stringe il gomito come per guidarla verso la porta, e intanto sente quel corpo che è tutto di quell'altro, che vuol fuggire al più presto da lui. No. Ora non più. Disse:

«Già. Ma voi, che cosa mi date, in cambio?».

«Io? Che cosa le posso dare, io?».

«Non è difficile. Chiudo la porta...» egli disse rimanendo seduto.

La signora Amati lo guardò sbigottita come se lo vedesse per la prima volta, e senza neppure odio o ripugnanza, ma come se le fosse accaduto un incidente dovuto ad un fenomeno della natura, indiscutibile e ingiudicabile.

«No, no...» disse debolmente, smarrita, e si levò in piedi.

Il signor Direttore Generale stava ora di fronte a lei; senza le scarpe ella sarebbe stata precisamente della sua stessa statura. Ma egli stentava a tenersi in piedi, si sarebbe volentieri nascosto, vergognoso di tutto se stesso, meschino e miserabile in ognuna delle sue membra. Tuttavia, con uno sforzo simile a quello che aveva più volte dovuto fare da ragazzo per corrompersi, incitato dai suoi compagni, credendo di essere, così, un uomo, disse:

«Signora: lei sa ora qual è la condizione perché torni suo marito. Quando è disposta... Io lascio giù alla porta un lasciapassare per lei».

«No, no!» ella reagì, inorridita all'idea di quel foglio che tutti avrebbero potuto leggere.

«Mi scusi. Ecco il mio numero di telefono diretto» egli disse scrivendo su un foglio cinque numeri che consegnò alla signora Amati. Ella strinse quel foglio, lo nascose nel palmo della mano. Si avviò verso la porta. "È più alta di me, con le scarpe, e se provassi a baciarla, forse non ci arriverei, e sarebbe goffo" egli pensò. L'accompagnò alla porta. La vide uscire malferma sulle lunghe e un po' esili gambe, ancora di giovinetta. "Da studentessa" egli pensò. Era già sparita quando egli pensò che voleva domandarle se per caso fosse stata studentessa. Gli pareva molto importante saperlo. Guardò se per caso, nel foglio con cui ella era stata annunziata fosse scritto il suo recapito. Ella abitava in una via del rione Ponte.

II

«Mio caro marito, ti scrivo ancora così - mio caro marito -, perché mi sembra di tornare ai primi anni del nostro matrimonio. Era così bello, e sembrava tanto nuovo, chiamarti marito, ed esser chiamata moglie. Sembrava una cosa che nessuno facesse, ti ricordi? Queste parole, per noi, avevano tutto un significato nuovo, onesto, fiducioso. E ora torno a scrivertele, amore mio, perché ti ricordino sempre come le pronunziavamo. Tu d'improvviso mi guardavi negli occhi, mi stringevi, e mi dicevi: "moglie!" e io ero tanto felice, mi sentivo protetta, perché quella parola mi sembrava sacra. Non abbiamo mai voluto, neppure quando eravamo fidanzati, sembrare degli amanti; ci offendeva se qualcuno, quando andavamo al caffè o al cinema insieme, immaginasse che tra noi ci fosse un legame di quel genere. Oh, io mi ricordo, non ci potevano prendere sul serio, perché anche tu eri tanto giovane e volevi parere un uomo. Un piccolo uomo, piccolo come non hai l'idea. Figurati che eri così indaffarato e serio come soltanto può essere un colombo o una rondine quando si fa il nido. Io ne ho veduti, sotto la nostra grondaia, e si comportavano come te. Sono buffi, piccoli, con quelle ali e quelle zampette, come se non potessero mai crescere, e difatti mai possono diventare altro che così, e non si capisce se sono vecchi o giovani, ma sono povere creature semplici eternamente. Beh, tu eri così. Vedessi come sono seri, questi poveri animali, seri come può essere un giovane marito. Penso sempre che quella è la vita. Chi la fa, la vita? Delle creature così semplici che non hanno altro se non la provvidenza.

Noi le proteggevamo delle creature così, te ne ricordi? Noi proteggevamo tutto quello che ha fiducia, che si ama e deve vivere. Quando una cosa viva è stata in casa nostra, noi le siamo stati benigni e favorevoli. Ti ricordi le piante, certe povere piante che ci capitavano in un vasetto, che premure. Io le difendevo dal freddo e le mettevo in una stanza, d'inverno, convinta che lì stessero al riparo. Ma poi si appassivano, morivano. Ci si figura che tutti gli esseri viventi debbano vivere protetti, e invece, la loro vita è così, come l'ha destinata Dio, e hanno bisogno di cure soltanto quando sono piccoli. Il resto, è una cosa che ha le sue leggi, e io non l'ho mai capito. Anche la nostra Marina, la *tua* figliuola, ora che è grandina mi sfugge. Tra poco avrà dieci anni, e non hai idea quanto mi dà pensiero. Se ci fossi tu, sarebbe più buona. Ti vuole bene come te ne voglio io, ma di più, perché sei il suo papà. Insomma ha bisogno di te. Ha bisogno che qualcuno le dica che è brava e che fa bene a scuola, che ha una bella calligrafia, che è buona. Che glielo dica io, non conta. Eppure cerco di pensare e di agire come te, ma non riesco. Marina lo capisce che per me tutto è lo stesso, purché lei sia educata, graziosa, e stia bene. Per me, potrebbe smettere pure di andare a scuola. So che queste cose non ti piace neppure di sentirle dire per scherzo. Ma se tu non torni presto, ci troverai come due selvagge. Giusto perché c'è Gisella la casa è in ordine, e perché t'ha promesso di studiare, Marina seguita ad andare a scuola. Se non ci fossero gli uomini, noi donne vivremmo in uno stato che non ti dico. Io non so perché, quando siamo sole, anche la cucina diventa insipida, con certe pappe che non sanno di niente. Si rimane come balorde, tarde, incantate. Fino al mese scorso, la Gisella era innamorata, e allora l'aveva presa un entusiasmo per la cucina, aveva delle idee, era presa dall'ispirazione. Ma da quando il moroso l'ha piantata, fa una cucina da infermeria, e a momenti ci si annoia anche di apparecchiare. Tutto quello che è rappresentazione, apparenza, in qualche maniera rito, è proprio un'invenzione dell'uomo. Figurati che Marina, ora, la sera, vuole mangiare con la scodella sulle ginocchia, coi piedi sul regolo della sedia, in un angolo della cucina, con Gisella. Io lo vedo che va cercando qualcosa, d'inventare chissà che, aspettando il suo babbo. Dei giorni fa di tutto per essere picchiata. Si alza la mattina con un viso così dispettoso e scontroso, che è proprio una bambina antipatica. Non fa nulla per il suo verso, tutto le cade di mano, insomma, dopo un'ora, capisco che per rimetterla in equilibrio le ci vuole una sculacciata. Allora si calma, e si mette a piangere in un angolo, quasi con soddi-

sfazione. E poi ricompare sveglia, pronta, obbedien-
te, e si mette a parlare di te.

Ma tu, che fai, marito mio? Stai tranquillo per me.
Io esco appena per le cose necessarie. Dove dovrei
andare? Di far visite mi annoio, e poi non hai l'idea
di come la gente sta cambiando. Tutti si affannano a
ricevere gente autorevole, per lo meno a conoscerla e
ad accostarla; se non altro, a parlarne, dire di averla
vista, di aver udita una loro frase, di conoscere una
loro abitudine. E se non proprio quei personaggi, si
contentano di uno che conosca quei personaggi.
Dovunque vai, non senti dir altro che eccellenza, generale, commendatore; e non è difficile conoscerne, perché ce ne sono tanti. La cosa più difficile di questi
tempi, è proprio trovare una persona qualunque, che
non sia niente, e che sia solamente una persona educata. Ma invece è divenuta una mania strofinarsi ai
potenti, e uomini e donne perdono così la loro dignità.
Nessuno ormai immagina che una donna possa avere
un affetto e un legame con un uomo che ama, tanto
che non si danno neppure la pena di farti i soliti quattro complimenti per farti girare la testa, ma ti pro-
pongono le cose come se t'invitassero a fare una passeggiata. E non credere che questa mania abbia preso
la gente qualunque. Già, ormai non c'è più gente qualunque, perché non hai l'idea di quante baronesse e
marchese e contesse sono venute fuori. Figurati che
l'altro giorno ho sentito con queste orecchie due signore che facevano conoscenza. Una chiedeva: "Voi signora siete nobile?". L'altra rispondeva: "No, ma ho la
madre inglese". Che ne dici? Comunque, questa
maniera di vivere e di vedere le cose, viene proprio
dalla società che non ha bisogno di niente, che è ricca,
celebrata, e che potrebbe starsene a casa sua.

Arrivo perfino a capire che siano tanto maleduca-

ti quelli che si sono fatta una posizione in questi ultimi tempi. Li compatisco. È gente che non ha mai visto
niente, che ha afferrato un posto come neppure si
sognava, e che crede suo tutto il mondo. Hanno letto
pochi libri, e cattivi. Hanno frequentato di quella brutta gente che crede di essere rivoluzionaria togliendo
il rispetto a ogni cosa che va rispettata. E se agiscono
così, vuol dire che così è la vita, e così saranno le
donne. Ma ce ne sarà pure qualcuna, poveretta, che la
pensa in tutt'altra maniera, e che ha schifo d'essere
toccata sia pure con un dito. Pensa che perfino la gente
più comune per la strada, la più povera e disgraziata
che ha da pensare ai fatti suoi, non lascia passare una
donna senza dirle dietro le parole più schifose. E questa donna è una madre, magari, può avere il figlio mala-
to a casa, può essere stretta da qualche dolore. Fulvio
mio, se vedono una donna indifesa, che una volta era
un dovere proteggere, ora cercano di profittarne; e il
meno che possono fare è di sporcarla coi loro insulti.
Io ho pensato ad andare dal Direttore Generale, come
tu mi avevi scritto, perché ti richiami qui dov'è la tua
casa. Ma non ci tornerò più. Non ti dico altro per non
darti dispiacere, giacché sei lontano. Marina e io ti
aspettiamo. Ci aiuterà la Provvidenza, vero, Fulvio
mio? La tua Maura».

«Cara Maura. Ricevo la tua lettera. Capisco bene
quello che tu mi dici, che l'assenza d'un uomo in casa
rende una donna tarda e incantata. Perché non mi spie-
go come, conoscendo le mie condizioni, e dopo tante
lettere in cui ti supplicavo di fare qualcosa per il mio
ritorno, tu non fai altro che invitarmi a fidare nell'aiuto
della Provvidenza. Eppure ti rendi conto di come vanno
le cose, perché me lo descrivi tu stessa, con anche trop-
pa precisione. Io spero che la tua lettera non sia cadu-

ta sotto gli occhi di nessuno; la busta sembrava intatta, ma non si sa mai; te l'ho detto tante volte, te lo avevo avvertito prima di partire. Non sono più i tempi quando ci si scriveva da innamorati, e ci si diceva tutto. Ora c'è una disciplina, tutti abbiamo il dovere di essere disciplinati e obbedienti, anche nelle lettere private. Bisogna scrivere sempre come se le nostre parole potessero cadere sotto gli occhi di chi è più alto di noi. Che idea si farebbe di noi, colui che lavora per il nostro bene e la nostra grandezza? Poiché siamo un popolo grande, te l'ho sempre detto, non te lo dimenticare. Capisco che tu scrivi seguendo le tue impressioni cui io non posso servire di guida poiché mi trovo lontano. Vedi? Ecco le conseguenze della tua ostinazione a voler rimanere rintanata in casa. Sei bella, sembri una gran signora, con poco diventi elegante, troveresti tutte le porte aperte. E sono anni che ti ostini a non vedere e non frequentare nessuno. E ora che sei costretta, trovandoti sola, a vedere la gente, se non altro per necessità, tutto ti spaventa, ti irrita, ti ripugna. Persone che non hanno la più piccola parte delle tue qualità, hanno saputo farsi una posizione rispettabile e una reputazione. Mi sono veduto passare avanti tanta gente che ti dico queste cose con piena coscienza. Bada, che poi la gioventù passa, e si rimpiange il tempo perduto. Ti dico che qui in provincia c'è delle ragazze e delle signore che trovandosi belle, prendono il treno per la capitale, dove sperano di far brillare le qualità sortite dalla natura. E la capitale è divenuta quel centro di belle donne che stupisce ogni forestiero e che tutti c'invidiano.

Vivendo in provincia, ho finito col vedere chiaro in queste cose, col buonsenso e il realismo che sono propri della vita di provincia. Qui tutti si affannano di pervenire a Roma, di far sentire la loro voce a Roma.

Tutti tendono verso il potere. E si capisce. Solo a Roma tutto è grande, è bello, è nuovo. Non si scorge quasi la vecchiaia della città, fra tante cose nuove o rinnovate o riverniciate, e tutto è giovane. Ognuno vorrebbe trovarcisi, e invidia chi ci sta. Soltanto in provincia si può vedere quello che ho veduto io alla stazione l'altro giorno, un uomo che, aspettando il treno, leggeva per sé ad alta voce nel giornale, il discorso del ministro dei Lavori Pubblici. Anche quell'arido bilancio lo entusiasmava. Tanta è la venerazione che suscita Roma. Qui considerano un imbecille chiunque, trovandosi a Roma, non profitta di quella vita e di quelle occasioni. Credi pure che il soffio della modernità è arrivato anche in provincia. Anzi, credo che a Roma si trovi una mentalità provinciale più facilmente che in ogni angolo della penisola.

La tua lettera mi dà l'occasione di scriverti tutte queste cose, che non mi riuscirèbbe di dirti a voce. È vero che prima la pensavo un poco diversamente, per quanto avessi il sospetto che rinchiudersi, come abbiamo fatto noi, poteva essere un male. Io ricordo che cosa m'hai sacrificato, e posso dire di aver avuto un tesoro tutto per me. Povero impiegato, la mattina andavo al mio lavoro come uno che ha dormito accanto a una dea, la quale al mattino indossava l'abito di casa, diventava una mortale. Scusami, so che anche accennarti queste cose ti fa arrossire. Ma tu non immagini che sentimento di privilegio e di ricchezza era il mio, quando la mattina, curvo sul lavoro, sentivo d'aver un segreto indicibile. Non ho mai parlato di te con nessuno. E devi sapere che spesso gli uomini violano questi pensieri e dicono cose orribili della loro donna. Ti ricordi quando mi venisti a prendere, e uscendo a braccetto il ministro ci vide, mentre stava per salire nella sua automobile? Si voltò stupito, io ero immensamente ricco quel giorno, più ricco e più potente di lui. Da allora egli mi usò ogni considerazione, e se fosse ancora lui a quel posto, io non starei a basire per questo ritorno. È vero che da quel giorno, offesa da quegli sguardi, tu non volesti accostarti più al mio ufficio, e così finì quella consuetudine tanto cara, di quando, il sabato, venivi a prendermi per tornare a casa insieme. Si può dire, ora che quel signore non conta più niente, che era davvero un uomo volgare. Tu lo giudicasti subito per tale.

Ma infine, che cosa rimane agli uomini della giovinezza e della bellezza? Si può dire che la preoccupazione di ognuno è, oggi, di provvedersi per il tempo in cui giovinezza e bellezza non ci saranno più. Il nostro paese è pieno di gente che sale, continuamente nuova. Assai presto un uomo è considerato vecchio. E la vecchiaia non è onorata, ma è considerata vituperosa; ed essa, in genere, si fa anche più vituperosa volendo affettare pensieri e atti giovanili. Meglio, dunque, esser giovane al tempo suo. A noi ha sempre fatto impressione la disonestà, e siamo rimasti sempre rinchiusi fra le nostre quattro mura. Avere un tesoro e non poterlo mostrare, questa è stata sempre la nostra condizione. La mia esperienza mi dice che a Roma, quello che più conta per chi non ha altro, è la bellezza. Ora, io non ho mai potuto fregiarmi della mia unica ricchezza. Dopo le prime esperienze, quando tu vedesti che, in una qualunque società, l'attenzione era attratta verso di te, e anche sulla mia modesta persona per riflesso tuo, avevamo tutti e due quasi paura, tu di chiuderti in casa, e io di rimanere solo ad affrontare la vita. Ma già a me spuntano i capelli grigi, sono confinato quaggiù senza che nessuno possa fare niente per me. Non ti do torto su quanto mi dici. Conosco i modi di certe persone, e m'hanno sempre rivoltato. Ma non è il caso di esagerare, mia cara. Aspetto sempre che tu mi mandi una buona notizia. Dipende soltanto da te. Abbraccio te e Marina. Fulvio".

"Non mi vuole più bene" pensava Maura. "Non mi ha mai parlato in questa maniera".

INDICE

Finito di stampare nel mese di febbraio 1996
presso lo stabilimento Legatoria del Sud
via Cancelliera 40, Ariccia (RM)